Roman

Der Maler

Von

Kutay Sahin

Vorwort

Jeder Mensch trägt ein verborgenes Bild in sich, eine Vorstellung von sich selbst, der Welt und all dem, was im Verborgenen lauert. Dieser Roman ist die Geschichte eines Künstlers, der genau dieses Bild gemalt hat. Doch was, wenn sich der Pinsel verselbstständigt? Was, wenn das Gemalte beginnt, den Maler zu formen?

„Der Maler" ist mehr als eine Reise durch Farbe und Leinwand, es ist eine Reise an die Grenzen des Verstandes, durch die Tiefen menschlicher Sehnsucht und in die Schatten dessen, was wir nicht sehen wollen. Es geht um Schuld, um Liebe, um das Übernatürliche, und um den schmalen Grat zwischen Genie und Wahnsinn.

Ich lade dich ein, in diese Welt einzutauchen. Sei gewarnt: Die Wahrheit liegt nicht immer im Licht. Manchmal wartet sie im Schatten, gemalt mit einem Pinsel, der mehr ist als nur ein Werkzeug.

Kutay Sahin

Verlag: BoD · Books on Demand GmbH,
Überseering 33, 22297 Hamburg, bod@bod.de
Druck: Libri Plureos GmbH,
Friedensallee 273, 22763 Hamburg
ISBN: 978-3-8192-3024-0

Der Maler

Später Nachmittag.

Die Wolken hingen dunkel und bedrohlich am Himmel über Florenz, als Antonio die schweren Türen des Krankenhauses durchschritt. Ein Gewitter zog rasch herauf, Blitze erhellten die graue Dämmerung, gefolgt von krachendem Donner. Es war, als wollte die Natur ihn warnen: „Geh nicht hinein. Kehre um, geh weit weg von hier." Doch Antonio ignorierte das beklemmende Gefühl, das ihm schwer auf der Brust lastete. Der dringende Anruf des Arztes hallte noch in seinen Gedanken nach: „Kommen Sie schnell, Ihr Großvater liegt im Sterben."

Während draußen das Unwetter tobte, trat Antonio leise in das Krankenzimmer, in dem sein Großvater Philippe seit gestern lag. Das Dröhnen des Donners vermischte sich mit dem gleichmäßigen Piepen der medizinischen Geräte. Der Raum war von einer sterilen Kälte erfüllt, die selbst die schweren Vorhänge nicht vertreiben konnten. Philippe lag da, eingefallen und entkräftet, ein gealterter Mann, kaum wiederzuerkennen.

Antonio betrachtete ihn mit einem schmerzvollen Blick, die wenigen verbliebenen grauen Haare, die faltige Haut, die tief eingesunkenen Augen. Sein Körper war abgemagert, bis auf die Knochen reduziert. Doch in seinen glasigen Augen lag ein Funke, ein klarer, scharfer Blick, der Antonio direkt ins Herz traf. Es war der letzte Rest des Mannes, den Antonio bewunderte, ein Fels in der Brandung, ein charismatischer Anführer, ein Mensch, dessen bloße Präsenz Respekt einflößte. Ein Mann wie ein Don!

Antonio, überwältigt von einem Gefühl der Endgültigkeit, trat näher. Behutsam setzte er sich an das Bett, griff nach der Hand seines Großvaters und fühlte, wie rau und kühl sie sich anfühlte. Ihre Blicke trafen sich, eine wortlose Verbindung voller Liebe, Trauer und unausgesprochener Fragen.

„Na, mein Junge," begann Philippe mit einer Stimme, die kaum mehr als ein Flüstern war. „Der Tag des Abschieds ist gekommen."

„Nein!" widersprach Antonio hastig, seine Stimme bebte vor Emotionen. „Du wirst wieder gesund, Großvater. Die Ärzte werden dir helfen."

Philippe schüttelte leicht den Kopf, ein gequältes, wissendes Lächeln auf seinen Lippen. „Nein, Antonio. Es ist so weit. Und tief in deinem Herzen weißt du das auch."

Antonio wollte etwas sagen, doch die Worte blieben ihm im Hals stecken.

„Weißt du, mein Junge," fuhr Philippe fort, seine Augen trüb, aber fest auf Antonio gerichtet, „ich hätte so gerne meine Urenkelkinder erlebt. Das war mein größter Wunsch." Seine Stimme wurde leiser, fast wehmütig. Dann, mit plötzlicher Schärfe, fügte er hinzu: „Verdammt, ich wünschte, ich hätte nie das Talent zum Malen gehabt." Antonio blickte ihn erstaunt an. „Wieso sagst du das, Großvater? Jeder hat deine Kunst geliebt. Du hast so viel damit erreicht, so viel Geld damit verdient!"

Philippe lachte leise, ein trockenes, bitteres Lachen. „Geld… Geld hat mir nie etwas bedeutet. Es war nur ein Mittel, um dir ein gutes Leben zu ermöglichen. Alles, was ich getan habe, war für dich, Antonio."

Antonio schluckte schwer. „Du warst immer für mich da, Großvater. Dafür bin ich dir unendlich dankbar."

Philippe lächelte sanft, seine Augen glänzten vor Tränen. „Du bist ein guter Junge, Antonio. Du warst die Sonne in meinem Leben, mein größtes Glück." Langsam griff er unter das Kopfkissen und zog einen Umschlag hervor. „Hier ist alles, was du brauchst. Mein Haus, mein Besitz, alles gehört dir. Der Safe hinter dem Bild mit dem Ritter enthält Bargeld und die Vollmacht über mein Konto. Es sollte dir ein sorgenfreies Leben ermöglichen."

Doch Antonio ließ den Umschlag achtlos auf seinen Schoß sinken. „Das interessiert mich nicht, Großvater. Ich will nur, dass du bleibst."

Philippe legte seine kalte Hand auf Antonios Arm. „Ich weiß, mein Junge. Aber du musst mir etwas versprechen."

„Alles, was du willst, Großvater."

Philippe sprach nun mit leiser, brüchiger Stimme, jeder Satz ein Kampf. „Das Bild…" Er hielt inne, schnappte nach Luft. „Es ist noch nicht fertig." Mit überraschender Kraft, die unmöglich schien, packte er Antonio am Kragen, zog ihn zu sich heran. seine Augen bohrten sich in die seines Enkels, und er sprach mit einer: „Du musst es zu E…"

Doch plötzlich verließ ihn die Kraft, so als wollte irgendetwas verhindern, dass er weiterredete. Sein Körper sackte auf das Kissen zurück, und sein Atem wurde schwerer. Antonio sah, wie das Leben aus seinem Großvater wich. Philippe atmete noch einmal tief aus, und seine Augen schlossen sich, für immer.

„Großvater, Großvater!" schrie Antonio verzweifelt, während er den leblosen Körper seines Großvaters schüttelte. Er war so plötzlich gegangen, so unwiderruflich.

Antonio wollte es nicht wahrhaben, dass sein Großvater, der immer für ihn da gewesen war, sein bester Freund, nun tot war. Es gab doch noch so viel zu sagen!

Fassungslos starrte Antonio auf den regungslosen Körper. Er wusste, dass kein Arzt der Welt seinen Großvater zurückholen konnte. Mit leerem Blick saß er auf der Bettkante und starrte Philippe an. Dann nahm er ihn behutsam in die Arme, legte dessen Kopf an seine Schulter und drückte ihn fest an sich. Mit leiser, schluchzender Stimme, als würde er Gott selbst fragen, flüsterte er „Warum er? Warum jetzt?"

Draußen tobte der fürchterliche Sturm, der scheinbar aus dem Nichts gekommen war. Antonio spürte den Verlust seines Großvaters in jeder Faser seines Körpers. Der Wind peitschte gegen die Fenster des Krankenhauses, als ob der Sturm seine Trauer widerspiegeln wollte.

In der Stille nach dem letzten Atemzug von Philippe schien die Zeit stillzustehen. Antonio saß bewegungslos da, den Blick auf das regungslose Gesicht seines Großvaters gerichtet, als wollte er dessen letzte Worte unauslöschlich in seinem Gedächtnis bewahren.

Nach einer Weile erhob er sich langsam. Mit einem letzten, liebevollen Blick beugte er sich vor und gab Philippe einen sanften Kuss auf die Stirn. „Leb wohl, Großvater, Du bist jetzt an einem besseren Ort." flüsterte er mit zitternder Stimme.

Antonio richtete sich auf, sein Herz schwer vor Trauer. Als der Arzt und eine Schwester eilig das Zimmer betraten, nickte er ihnen kaum merklich zu und trat hinaus in den langen, schwach beleuchteten

Krankenhausflur. Seine Schritte waren langsam, fast mechanisch, und sein Blick schweifte ins Leere.

Er ging den Gang entlang, doch es fühlte sich an, als würde er sich durch dichten Nebel bewegen. Alles um ihn herum war verschwommen, die Stimmen der Menschen gedämpft, als ob sie aus einer anderen Welt kamen. Antonio wusste nicht, wohin er gehen sollte. Der Verlust seines Großvaters hatte ihm die Richtung genommen, die ihn bisher durchs Leben geführt hatte.

Doch seine Füße fanden instinktiv ihren Weg. Ohne darüber nachzudenken, lenkte ihn etwas Unbekanntes durch die Straßen, bis er schließlich vor dem alten Haus seines Großvaters stand. Der Sturm, der vor kurzem noch wütete, hatte sich gelegt. Der Wind war schwächer geworden, und die Regentropfen, die von den Dachkanten tropften, klangen wie ein leises Weinen.

Antonio betrachtete das Haus, das er so gut kannte. Es war in Dunkelheit gehüllt, doch selbst jetzt hatte es eine einladende Präsenz. Die alten Mauern schienen ihn zu rufen, als ob das Haus ihn in seine schützenden Arme nehmen wollte.

Mit einem tiefen Atemzug trat Antonio näher. Der Geruch von feuchtem Holz und Erde lag in der Luft. Als er die schwere Eingangstür aufschob, fühlte es sich an, als würde er in die Vergangenheit zurückkehren. Jeder Raum, jede Ecke erzählte Geschichten aus seiner Kindheit und vom Leben seines Großvaters, das untrennbar mit diesem Haus verbunden war.

Die Stille im Inneren war fast greifbar, doch Antonio empfand sie nicht als bedrohlich. Es war eine Stille, die ihn umfing, die ihn erinnerte und zugleich tröstete. Langsam schloss er die Tür hinter sich und ließ die Welt draußen zurück.

Während er die Trauer in sich bewältigte, wurde der letzte Wunsch und Worte seines Großvaters zum beherrschenden Gedanken. „Das Bild ist nicht fertig: Du musst zu E..." Was meinte er damit?

Antonio stand still in der Eingangshalle des alten Hauses. Es war ein lebendiges Denkmal vergangener Zeiten, ein Ort, der Geschichten in jeder Ritze der Holzdielen und jeder Falte der alten Vorhängebarg. Die Möbel waren schwer und aus dunklem Holz, die Wände behangen mit Gemälden, die Philippe einst mit Hingabe geschaffen hatte.

Die Kunstwerke schienen eine Energie auszustrahlen, die den Geist und die Leidenschaft ihres Schöpfers bewahrte. Farben schimmerten sanft im gedämpften Licht, und Antonio hatte das Gefühl, als könnten die Figuren auf den Leinwänden jeden Moment zum Leben erwachen.

Inmitten all dieser Erinnerungen stand die Büste seiner Mutter auf einem Podest. Die meisterhafte Arbeit seines Großvaters schien ihre Essenz einzufangen, die zarten Gesichtszüge, das sanfte Lächeln, die leicht geneigte Haltung des Kopfes, all das ließ Antonio innehalten.

Er trat näher, seine Hand zitterte leicht, als er die kalte Oberfläche der Büste berührte. Ein Schauer lief ihm über den Rücken, nicht vor Kälte, sondern wegen der Erinnerungen, die ihn überwältigten.

Er war damals erst sechs Jahre alt gewesen, als er gesehen hatte, wie sein Großvater diese Büste geschaffen hatte. Es war eine Zeit voller Liebe und Schmerz. Antonio erinnerte sich daran, wie Philippe unermüdlich an dem Kunstwerk gearbeitet hatte, wie er jede Linie und Kurve mit so viel Sorgfalt modellierte, als wäre es seine letzte Möglichkeit, ihre gemeinsame Vergangenheit zu bewahren.

In dieser Halle, umgeben von der Kunst seines Großvaters, spürte Antonio dessen Präsenz in jedem Detail. Es war, als würde Philippe noch immer über ihn wachen, wie er es immer getan hatte. Ein bittersüßes Lächeln erschien auf Antonios Gesicht, während er sich daran erinnerte, wie Philippe ihn einst über die Kunst belehrt hatte und ihm Mut gemacht hatte, als er selbst mit seinen ersten Skizzen kämpfte.

„Ich vermisse dich, Großvater", flüsterte Antonio, seine Stimme fast verschluckt von der Stille des Hauses.

Er ließ die Hand von der Büste gleiten, drehte sich um und ging langsam in den Salon. Die Vergangenheit war allgegenwärtig, doch an diesem Tag fühlte Antonio auch eine seltsame Stärke, als ob die Erinnerungen ihn stützten und ihm den Weg wiesen.

„*Großvater* Großvater, Micky ist nirgends zu finden! Ich glaube, er ist weggelaufen!"

Phillipe hob seinen Enkel auf den Schoß und sprach mit sanfter, beruhigender Stimme:

„Mach dir keine Sorgen, mein Junge. Dein Kätzchen erkundet bestimmt nur die Umgebung. Wenn er Hunger hat, kommt er sicher wieder nach Hause."

Antonio schniefte leise, aber die warmen Worte seines Großvaters schafften es, ihn etwas zu beruhigen. Schließlich fragte er neugierig: „Was machst du da, Großvater?" und deutete auf die Ton Figur, an der Phillipe arbeitete.

„Ich mache eine Büste deiner Mutter", erklärte Phillipe mit einem sanften Lächeln. „Damit wir sie immer bei uns haben. Sie war auch meine Tochter."

Antonio blickte ihn mit großen Augen an. „Wo ist denn meine Mama?"

Phillipe hielt einen Moment inne, strich Antonio liebevoll über die Wange und sagte leise,

„Sie ist jetzt im Himmel, mein Junge. Dort geht es ihr sehr gut, zusammen mit deinem Papa."

Antonio nickte nachdenklich und schwieg einen Moment, bevor Phillipe vorschlug: „Komm, lass uns zusammen etwas malen."

„Au ja!" rief Antonio begeistert, sprang vom Schoß seines Großvaters und griff nach seinem Zeichenblock und den Farbstiften auf dem Tisch. „Was soll ich malen?"

„Wie wäre es mit Micky?" schlug Phillipe vor.

Antonio strahlte und machte sich eifrig ans Werk. Der Großvater sah ihm liebevoll über die Schulter, gab ihm hin und wieder einen kleinen Tipp und war beeindruckt von der Begeisterung und dem Talent seines Enkels.

„Das machst du hervorragend, Antonio", lobte er schließlich. „Du hast ein richtiges Händchen fürs Zeichnen das hast du wohl von mir geerbt, dein Vater hatte zwei linke Hände."

Antonio grinste stolz, als Phillipe ihm durchs Haar strich. In diesem Moment hörten sie ein leises Miauen.

„Schau mal, da ist ja Micky! Siehst du? Ich habe doch gesagt, dass er wieder nach Hause kommt."

Mit einem erleichterten Lächeln nahm Phillipe die Katze auf den Arm. „Komm, Antonio. Es ist Zeit, ins Bett zu gehen."

Gemeinsam gingen sie in Antonios Zimmer. Nachdem Antonio sich ins Bett gekuschelt hatte, setzte sich Phillipe an seine Seite und erzählte ihm noch eine kleine Gute-Nacht-Geschichte.

„Träum etwas Schönes, mein Junge", flüsterte der Großvater, bevor er das Licht ausmachte.

Als Phillipe die Tür leise schloss, verweilte er einen Moment, lauschte dem tiefen Atem seines Enkels und spürte einen Moment des Friedens. Doch dieser Frieden war flüchtig. Mit einem Seufzen wandte er sich ab und ging die knarrende Holztreppe hinunter in sein Atelier.

Im schwachen Licht der Tischlampe wirkte Philippes Gesicht müde, gezeichnet von der Trauer, die der Verlust seiner Tochter in ihm hinterlassen hatte. Seine Schultern waren gebeugt, und sein Blick, der auf die unfertige Büste gerichtet war, spiegelte eine tiefe Sehnsucht wider.

Er setzte sich auf den Hocker vor seinem Arbeitstisch, nahm den feinen Modellierspatel in die Hand und begann erneut, an den Details zu arbeiten. Seine Finger glitten über den Ton, formten die zarten Gesichtszüge seiner Tochter mit einer Hingabe, die fast an Verzweiflung grenzte. Es war, als würde er versuchen, sie durch seine Hände wieder zum Leben zu erwecken, ihre Augen, die ihn einst voller Wärme angesehen hatten, ihr Lächeln, das ihm stets Trost gespendet hatte.

Jede Berührung des Tons war von einer intensiven Mischung aus Liebe und Schmerz durchdrungen. Phillipe arbeitete mit einer Leidenschaft, die weit über den künstlerischen Ausdruck hinausging. Die Büste war nicht nur ein Kunstwerk, sie war sein verzweifelter Versuch, etwas von ihr zurückzuholen, etwas Greifbares zu schaffen, das ihn mit ihr verband.

Die Stunden vergingen, und das monotone Ticken einer alten Standuhr im Hintergrund war das einzige Geräusch, das die Stille des Raumes durchbrach. Schließlich hielt Phillipe inne, um sein Werk zu betrachten. Eine einzelne Träne rollte seine Wange hinunter, während er leise murmelte:

„Du wirst immer bei uns sein, mein Engelchen."

Behutsam legte er den Spatel zur Seite, nahm ein Tuch und bedeckte die Büste, als wollte er sie vor der Welt schützen. Dann löschte er das Licht, warf einen letzten Blick auf das Atelier und ging langsam ins Bett.

Doch der Schlaf wollte in dieser Nacht nicht kommen. Sein Herz war schwer, die Trauer tief. Aber die Arbeit an der Büste gab ihm Kraft, und ein Gefühl von Nähe zu seiner geliebten Tochter.

Antonio blieb vor dem Gemälde stehen und betrachtete es eingehend. Antonio erinnerte sich, wie Phillipe viel länger an diesem Bild gearbeitet hatte als an all seinen vorherigen Werken. Er hatte es einige Male verworfen und wieder neu angefangen. Es passte nicht zu seinem Großvater, düstere Bilder zu malen. Mit diesem Gemälde hatte alles begonnen, die Veränderung, der schleichende Zerfall.

Damals, kurz bevor Phillipe mit der Arbeit an dem unheimlichen Reiter begonnen hatte, hatte Antonio selbst einen neuen Lebensabschnitt eingeläutet. Er hatte sich eine Wohnung in der Stadt gekauft und war dorthin gezogen, um eigenständig zu leben. Trotzdem besuchte er seinen Großvater regelmäßig, oft mehrmals die Woche. Doch was er in den darauffolgenden Wochen miterlebte, machte ihn tief betroffen.

Mit jedem Besuch sah er, wie Phillipe immer mehr an Kraft verlor. Seine einst lebhafte Ausstrahlung schien langsam zu verblassen. Antonio versuchte, ihn zu überzeugen, einen Arzt aufzusuchen, doch Phillipe wies diese Vorschläge stets entschieden zurück. „Ich brauche keine Ärzte", hatte er immer wieder gesagt, „die Kunst ist meine Medizin."

Antonio konnte nicht verstehen, warum sein Großvater beim Malen so beharrlich blieb. Während Phillipe weiter an dem unheimlichen Reiter arbeitete, schien sich seine Verfassung noch zu verschlechtern. Das Gemälde zog Phillipe auf eine Weise in seinen Bann, die Antonio bis heute Rätsel aufgab. Es war, als ob die düstere, geheimnisvolle Aura des Bildes eine unsichtbare Macht ausübte, die ihn immer tiefer in sich hineinzog.

Nun stand Antonio erneut in diesem Atelier, umgeben von den Erinnerungen an seinen Großvater und dessen Lebenswerk. Der unheimliche Reiter schien ihn mit seinem eindringlichen Blick zu beobachten, fast so, als wollte er ihm etwas sagen. Antonio spürte, wie sich ein Kloß in seinem Hals bildete, während er die Details des Gemäldes betrachtete die dunklen Wolken, die grauenhafte Gestalt auf einem wilden Pferd, die bedrohliche Atmosphäre, die von dem Werk ausging.

Mit schwerem Herzen dachte Antonio an die letzten Tage von Phillipe. Trotz seiner zunehmenden Schwäche hatte er das Gemälde mit unerschütterlicher Entschlossenheit vollendet. Es war, als ob Phillipe wusste, dass es sein Vermächtnis sein würde.

Antonio nahm einen tiefen Atemzug und ließ seinen Blick auf dem Gemälde ruhen, das vor ihm auf der Staffelei lag. Die Farben waren dunkel und bedrückend, die Pinselstriche intensiv, fast aggressiv, als hätten sie den inneren Kampf seines Großvaters in jeder Bewegung eingefangen. Dieses Bild, das letzten Werke von Phillipe, strahlte eine derart düstere und rätselhafte Energie aus, dass Antonio jedes Mal ein Schauer über den Rücken lief, wenn er es ansah.

Seine Hand glitt zögerlich über das Gemälde. Die kalte Oberfläche unter seinen Fingern fühlte sich fast lebendig an. Er schloss die Augen und flüsterte „Ich wünschte, ich hätte mehr für dich tun können, Großvater." Seine Stimme klang hohl in dem stillen, verstaubten Raum, als ob die Worte von den Wänden aufgesogen würden, bevor sie verklangen.

Antonio öffnete die Augen wieder und starrte auf das Gemälde, das ihn mit seinem unheimlichen Sog fesselte. Der Reiter auf dem wilden, schwarzen Pferd wirkte wie ein Wächter einer dunklen Welt. Seine leuchtenden Augen schienen Antonio direkt anzusehen. Die Atmosphäre des Bildes war beklemmend, die bedrohlichen Wolken, die verzerrte Landschaft, alles wirkte surreal und doch erschreckend real.

In Gedanken versunken, begann Antonio sich zu fragen: Könnte dieses Gemälde etwas mit der Veränderung seines Großvaters zu tun gehabt haben? Phillipe war in den letzten Wochen seines Lebens stiller und zurückgezogener geworden, fast als hätte er sich von der Welt verabschiedet, noch bevor sein Körper es tat. Antonio erinnerte sich an die Gespräche, die sie geführt hatten, immer seltener und immer weniger von der Wärme und dem Humor erfüllt, die Phillipe einst ausgezeichnet hatten.

„Nein", schüttelte Antonio den Kopf und sprach laut mit sich selbst, als wolle er die düsteren Gedanken vertreiben. „Das ist Unsinn. Es war nicht das Gemälde. Es war die Trauer. Es war der Verlust." Er konnte in diesem Augenblick nicht ahnen, wie nah er mit seinen Gedanken an der Wahrheit war!

Doch kaum hatte er die Worte ausgesprochen, durchfuhr ihn ein seltsames Gefühl. Die Luft im Atelier schien plötzlich schwerer zu werden, als ob der Raum selbst auf ihn herabdrückte. Ein Hauch von etwas Unbekanntem, beinahe Greifbarem, lag in der Stille.

Antonio blickte sich um, sein Herzschlag beschleunigte sich. Der Gedanke, dass er sich das alles nur einbildete, beruhigte ihn nicht. Sein Blick kehrte zum Gemälde zurück, und für einen Augenblick meinte er, eine Bewegung zu sehen, ein winziges Flimmern in den dunklen Schatten des Reiters. Er schüttelte den Kopf, rieb sich die Augen und atmete tief durch. Während er das Gemälde weiter betrachtete, verlor er sich in Erinnerungen. Er sah vor seinem inneren Auge, wie Phillipe damals angefangen hatte, das Bild zu malen und an diesem Werk gearbeitet hatte.

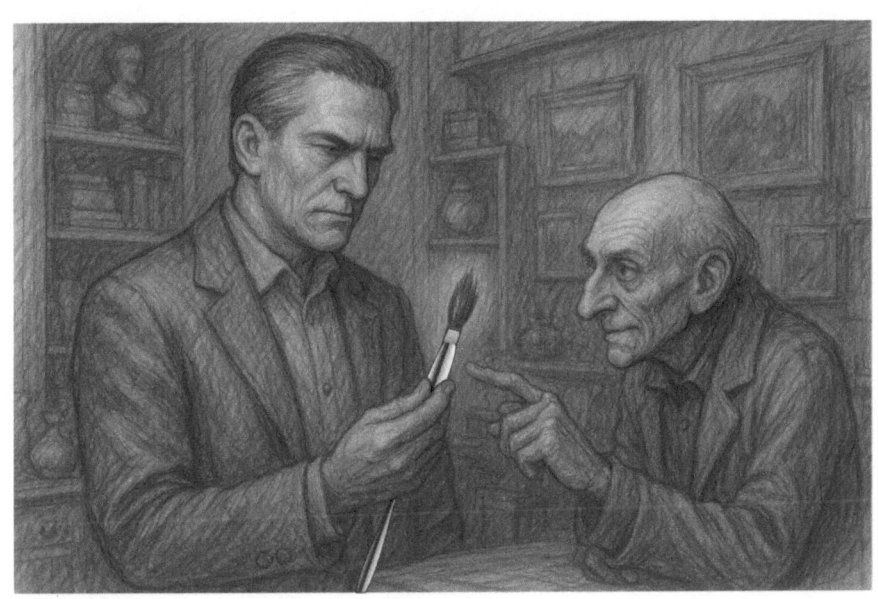

Phillipe Duvall war ein angesehener Künstler, bekannt für seine meisterhaften Porträts und Landschaften. Seine Werke waren von einer solchen Lebendigkeit, dass sie oft als „Fenster zu einer anderen Welt" beschrieben wurden. Doch in einem kühlen Abend im Spätsommer, einige Wochen vor seinem Tod, begann eine Geschichte, die selbst für seine kühnsten Bewunderer undenkbar war, die Geschichte vom Pinsel des Dämons

An jenem Abend kehrte Phillipe von einer Kunstausstellung in der Stadt zurück. Der Himmel war mit dichten Wolken bedeckt, und ein eisiger Wind peitschte die Straßen. Der Regen prasselte unaufhörlich, und Phillipe, der keinen Schirm dabeihatte, suchte Unterschlupf in einem kleinen Antiquitätengeschäft, das ihm noch nie zuvor aufgefallen war.

Das Geschäft war düster, die Luft schwer von Staub und Alter. Regale, vollgestopft mit Büchern, Skulpturen und Gemälden, säumten die Wände, während der Geruch von altem Holz und etwas Unbestimmtem den Raum erfüllte. Phillipe wurde von einer seltsamen Faszination ergriffen. Seine Augen wanderten umher, bis sie schließlich auf einen Gegenstand fielen, der ihn wie magisch anzog.

Es war ein Pinsel, sorgfältig platziert in einer gläsernen Vitrine. Der Griff war aus hell lackiertem Holz, das in Licht und Schatten zu glühen schien, und die Borsten bestanden aus einem feinen, unnatürlich glänzenden Material. Phillipe konnte seinen Blick nicht von dem Pinsel abwenden. Es schien, als würde er zu ihm flüstern, leise, verführerische Stimmen, die ihm versprachen, ihn zu einem noch größeren Künstler zu machen, als er es ohnehin schon war.

Der Ladenbesitzer, ein hagerer alter Mann mit Augen, die tiefer wirkten als jeder Ozean, trat aus den Schatten. „Ah, Sie haben den Pinsel entdeckt," sagte er mit einer Stimme, die so weich war, dass sie kaum mehr als ein Hauch war. „Er ist ein Werkzeug von unschätzbarem Wert.

Phillipe, völlig eingenommen, fragte: „Was macht ihn so besonders?"

Der alte Mann lächelte, aber das Lächeln erreichte seine Augen nicht. „Er verleiht dem Künstler die Fähigkeit, mit einer Tiefe und Kraft zu malen, die die Seele berührt, oder sie zerreißt. Dieser Pinsel ist ein Werkzeug für einen wahren Meister.

Aber", fügte er hinzu, „jeder große Schatz hat seinen Preis."

Phillipe zögerte nur kurz. Die Versuchung war zu groß, die Möglichkeit, die Grenzen seiner Kunst zu überschreiten, unwiderstehlich. „Wie viel?" fragte er.

Der alte Mann schüttelte den Kopf. „Kein Geld, mein Freund. Sie zahlen mit Ihrer Hingabe, mit Ihrem Willen."

Verwirrt, aber dennoch entschlossen, willigte Phillipe ein. Der alte Mann reichte ihm den Pinsel und flüsterte: „Nutze ihn weise, und male nur das, was du zu verstehen bereit bist."

Zurück in seinem Atelier betrachtete Phillipe den Pinsel genauer. Er fühlte sich seltsam warm in seiner Hand an, fast wie lebendig. Als er die erste Linie auf die

Leinwand zog, spürte er ein Kribbeln, das sich von seinen Fingern bis in seine Brust ausbreitete. Die Farben waren intensiver, die Striche flüssiger, als hätte der Pinsel ein Eigenleben.

Mit jedem Pinselstrich wurde es immer deutlicher, dass dieser Pinsel ihm die Macht verlieh, sein größtes Meisterwerk zu erschaffen. Es war, als ob die Farben unter seinen Händen lebendig wurden und jede Linie, jede Nuance zu einem Gesamtkunstwerk verschmolz, das über seine bisherigen Fähigkeiten hinausging. Phillipe malte und malte, völlig in die Schöpfung vertieft, ohne das Gefühl für Zeit oder Raum.

Vor ihm entstand eine fantastische Landschaft, die von einer überwältigenden Schönheit war. Die Farben schienen zu leuchten, als ob sie direkt aus der Natur selbst genommen worden wären, und die Details waren so lebendig, dass es schien, als könnte man den Wind in den Bäumen spüren oder das Wasser der Bäche plätschern hören. Phillipe konnte kaum glauben, dass er etwas so Großartiges in so kurzer Zeit erschaffen hatte, etwas, das seine eigene Vorstellungskraft weit übertraf.

Doch plötzlich, wie aus dem Nichts, überkam ihn eine tiefe Müdigkeit. Sie war nicht die normale Erschöpfung nach einem langen Arbeitstag, sondern eine seltsame, alles verzehrende Schwere, die ihn drängte, das Atelier zu verlassen und sich hinzulegen. Widerwillig legte er den Pinsel zur Seite, betrachtete das fertige Werk ein letztes Mal und verspürte einen seltsamen Stolz, gemischt mit Ehrfurcht vor dem, was er geschaffen hatte.

Als Phillipe schließlich ins Bett ging, kreisten seine Gedanken unaufhörlich um das Bild. Was für eine Komposition könnte er malen, um dieses Werk zu übertreffen? Wie könnte er sein größtes Meisterwerk vollenden, etwas, das seinen Namen für immer in den Annalen der Kunstgeschichte verewigen würde? Der Gedanke ließ ihn nicht los, selbst als er sich in die Decke wickelte und die Augen schloss.

Doch während Phillipe in den Schlaf glitt, spürte er eine leise, unbestimmte Unruhe in seinem Inneren. Es war, als ob der Pinsel, dass geheimnisvolle Werkzeug, mehr von ihm verlangte als nur seine Kreativität. Träumend begann er, Bilder vor seinem inneren Auge zu sehen, lebhafte Szenen, wunderschön und doch irgendwie fremd, fast beängstigend. Sie flackerten vor ihm auf wie Fragmente einer anderen Welt, die ihn gleichzeitig anlockte und warnte.

Als die Dunkelheit des Schlafes ihn vollständig einnahm, wusste Phillipe eines sicher. Der Pinsel war kein gewöhnliches Werkzeug. Er war ein Tor, zu etwas Größerem, vielleicht zu etwas Unbekanntem. Doch war es ein Geschenk? Oder eine Bürde, die noch ihre wahre Natur offenbaren würde?

Am nächsten Morgen eilte Phillipe als Erstes ins Atelier, noch bevor der Tag richtig begonnen hatte. Sein Herz schlug schneller, während er sich dem Gemälde näherte. Als er vor dem Bild stand, stockte ihm der Atem. Die Schönheit der Landschaft, die er geschaffen hatte, war überwältigend. Es war, als würde das Bild förmlich leuchten, als sei es mehr als nur Kunst. als sei es lebendig.

Er griff nach dem Pinsel, um ihn zu reinigen, und hielt inne. Der Pinsel war vollkommen sauber, als hätte er ihn niemals benutzt. Verwundert drehte er ihn in den Händen und murmelte leise, „Hmm, habe ich ihn gestern gereinigt? Komisch, ich kann mich nicht daran erinnern." Nach kurzem Zögern zuckte er mit den Schultern und sagte „Na gut, umso besser."

Doch die Müdigkeit von gestern Abend schien ihn noch nicht ganz verlassen zu haben. Seine Bewegungen waren träge, und seine Augen fühlten sich schwer an, als er in die Küche ging, um sich eine Tasse Kaffee zu machen. Gerade als er den Wasserkocher einschaltete, hörte er ein Auto in die Hofeinfahrt fahren. Durch das Fenster sah er, wie Antonio aus seinem Wagen stieg. Mit einem warmen Lächeln auf den Lippen machte sich Phillipe auf den Weg zur Tür.

Guten Morgen, Großvater!" rief Antonio fröhlich, während er die Autotür zuschlug und schnellen Schrittes auf Phillipe zuging. „Ich habe heute Vormittag frei und dachte, ich komme vorbei, um mit dir zu frühstücken."

„Wie schön, mein Junge", sagte Phillipe und legte ihm die Hand auf die Schulter. „Aber bevor wir frühstücken, komm ins Atelier. Ich muss dir etwas zeigen."

Die Neugierde war Antonio ins Gesicht geschrieben, während er seinem Großvater ins Atelier folgte. Als Phillipe das Gemälde präsentierte, breitete sich ein Ausdruck von ehrlichem Erstaunen auf Antonios Gesicht aus. „Stell dir vor", sagte Phillipe mit leiser

Begeisterung, „das habe ich gestern Abend noch schnell gemalt."

Antonio blieb wie angewurzelt stehen, die Augen geweitet, den Mund leicht geöffnet. Er schüttelte ungläubig den Kopf, bevor er sagte, „Großvater, was für ein Bild! Ich kann mich nicht erinnern, je ein schöneres Landschaftsbild gesehen zu haben. Es ist … atemberaubend. Ich bin wirklich begeistert."

Phillipe lächelte stolz, aber in seinem Inneren wuchs ein merkwürdiges Gefühl. Er wusste nicht, ob es Freude oder etwas anderes war. Etwas an diesem Gemälde und an dem Pinsel schien außergewöhnlich. Doch er ließ sich von Antonios Begeisterung anstecken und beschloss, den Moment zu genießen.

„Danke, Antonio. Das bedeutet mir viel." Er legte seinem Enkel den Arm um die Schultern. „Jetzt lass uns frühstücken. Ich habe schon Hunger."

Während sie die Küche betraten, dachte Phillipe erneut an das Bild und den Pinsel. Eine Frage schlich sich in seinen Kopf: War es wirklich sein Talent, das dieses Wunderwerk geschaffen hatte? Oder war es etwas, das sich seiner Kontrolle entzog?

In der Küche machte Phillipe frischen Kaffee, während Antonio eine Tüte mit Gebäck auspackte, das er auf dem Weg mitgebracht hatte. Phillipe bemühte sich, den

Tisch zu decken und ein Gespräch in Gang zu bringen, doch Antonio entging nicht, dass etwas nicht stimmte.

„Großvater," begann Antonio vorsichtig, während er eine Tasse Kaffee einschenkte, „geht es dir gut? Du bist so blass."

Phillipe wich seinem Blick aus und nickte abwehrend. „Ja, ja, alles in Ordnung. Ich habe nur schlecht geschlafen."

Phillipe setzte sich Antonio gegenüber, während sie den letzten Kaffee ihres gemeinsamen Frühstücks genossen. „Antonio," begann er nachdenklich, „ich muss dir von etwas erzählen. Ich habe einen Pinsel, mit dem man außergewöhnlich malen kann. Es ist, als würde er die Farben von selbst führen. Heute werde ich mir ein Paar große Leinwände besorgen und ein neues Bild anfangen."

Antonio hob neugierig die Augenbrauen. „Was für ein Bild möchtest du malen, Großvater?"

Phillipe lächelte versonnen und tippte sich mit dem Finger an die Stirn. „Das weiß ich noch nicht. Es muss erst in meinem geistigen Auge reifen. Die besten Bilder entstehen, wenn die Vorstellung ganz klar wird, bevor ich den ersten Pinselstrich setze."

„Na, da bin ich mal sehr gespannt," erwiderte Antonio mit einem Lächeln. Dann schaute er auf die Uhr und stand auf. „Aber zuerst fahre ich zu Fredo, um zu sehen, wie es ihm geht."

Phillipe runzelte die Stirn bei Fredos Namen. „Ich habe Fredo schon lange nicht mehr gesehen. Er ist... nicht mehr der, der er einmal war. Weißt du, ihm geht es nicht gut, und er hat seit Jahren kein Bild mehr gemalt. Er baut immer mehr ab."

„Das klingt wirklich traurig," sagte Antonio nachdenklich. „Ich mochte seine Bilder immer so sehr. Er hatte eine unglaubliche Gabe. Bitte richte ihm meine Grüße aus, wenn du ihn siehst."

„Das mache ich," sagte Phillipe. „Ich werde sehen, ob ich ihm helfen kann."

Antonio nickte, dann wechselte er das Thema. „Ach Übrigens! Wir möchten dich zu Claudias Geburtstagsfeier am Samstag einladen. Du kommst doch, oder?" Philippes Augen leuchteten auf. „Ja, natürlich komme ich! Und wie geht es Claudia? Und dem Baby?" Antonio strahlte vor Stolz. „Es geht ihnen beiden gut. Sie ist jetzt im dritten Monat, und alles läuft wunderbar. Wir freuen uns riesig."

Phillipe klopfte Antonio auf die Schulter. „Das sind großartige Neuigkeiten. Ich freue mich so für euch."

Antonio zog seine Jacke an und nahm seine Schlüssel. „Ich muss jetzt los, Großvater, aber wir sehen uns am Samstag. Bis dann!"

Phillipe begleitete seinen Enkel zur Tür und sah ihm mit einem zufriedenen Lächeln nach, während dieser in seinen Wagen stieg und davonfuhr.

Der Morgen schien ihm plötzlich heller, und ein warmes Gefühl der Dankbarkeit durchströmte ihn. In Gedanken malte er bereits die ersten Striche auf seine neue Leinwand, ein Bild, das seine Seele widerspiegeln sollte. Aber zuerst, so entschied er, würde er Fredo besuchen. Ein alter Freund brauchte ihn vielleicht mehr, als er bisher geahnt hatte.

Phillipe ging ins Atelier, nahm den Pinsel, steckte ihn in seine Jackentasche und lief hinaus zu seinem Auto. Dann fuhr er zu Fredo.

Fredo lebte weit außerhalb der Stadt, am Rande eines kleinen Waldes. Sein Haus, einst ein idyllischer Rückzugsort, war nun in einem Zustand des Verfalls. Die uralten Ziegel des Daches waren moosbewachsen, und der kleine Garten davor war vollständig überwuchert. Es schien, als habe die Zeit dieses Zuhause genauso vernachlässigt wie Fredo sich selbst.

Im Gegensatz zu Phillipe war Fredo mit seiner Kunst nie wirklich erfolgreich gewesen. Seine Werke fanden zwar Liebhaber, doch der große Durchbruch blieb aus. Wenn Fredo in finanziellen Schwierigkeiten steckte, half Phillipe ihm manchmal aus, sehr zu Fredos Unbehagen. Fredo war stolz und mochte es nicht, auf die Unterstützung seines Freundes angewiesen zu sein.

Vor vielen Jahren war Fredo ein gesunder, dynamischer Mann gewesen. Er und Phillipe waren unzertrennlich, seit sie Kinder waren und zusammen zur Schule gingen. Doch eines Tages begann Fredo, abzubauen. Sein einst unerschöpflicher Lebensmut schwand, und er zog sich immer mehr zurück. Phillipe konnte nie verstehen, was genau passiert war, denn

Fredo sprach nie darüber. Damals hörte er auch auf zu malen, ein Verlust, der Phillipe besonders schmerzte.

Heute klopfte Phillipe an Fredos Tür. Es dauerte eine Weile, bis sich der Türspalt öffnete. Dahinter stand Fredo, gealtert und erschöpft, sein Gesicht von tiefen Linien durchzogen, die mehr von inneren Kämpfen als von der Zeit zeugten. Sie sahen sich einen Moment lang schweigend an, bis Phillipe mit einem freundlichen Lächeln grüßte: „Hallo, Fredo."

Fredo musterte ihn kurz, bevor er die Tür langsam ganz öffnete und sich wortlos umdrehte. „Komm rein," sagte er mit leiser Stimme, während er ins Wohnzimmer ging. Phillipe folgte ihm. Das Zimmer war düster und roch muffig, die Fenster waren von schweren Vorhängen verdeckt, und auf den Möbeln lag Staub.

„Setz dich, Phillipe," sagte Fredo und deutete auf einen alten Sessel, der noch einigermaßen stabil wirkte. „Möchtest du etwas trinken?" fragte er und griff nach einer Karaffe, die auf dem Tisch stand. „Ein Glas Wasser wäre gut," antwortete Phillipe freundlich und nahm Platz. Sein Blick wanderte durchs Zimmer. Es war vollgestellt mit vergilbten Büchern, alten Notizbüchern und Skizzen, aber keine einzige Leinwand war zu sehen. Es war offensichtlich, dass Fredo seine Kunst vollständig aufgegeben hatte.

Fredo schenkte ihm ein Glas Wasser ein und setzte sich schwerfällig auf das Sofa gegenüber. „Was führt dich hierher, Phillipe?" fragte er, ohne aufzublicken. Phillipe nahm einen Schluck und überlegte kurz, wie er beginnen sollte. „Ich wollte sehen, wie es dir geht, Fredo. Es ist lange her, und ich habe mir Sorgen gemacht. Du hast dich so sehr zurückgezogen."

Fredo zuckte mit den Schultern und blickte auf seine Hände, die in seinem Schoß ruhten. „Mir geht es gut. Danke der Nachfrage." Doch seine Stimme verriet etwas anderes, Resignation, vielleicht sogar Verzweiflung.

Phillipe lehnte sich vor. „Fredo, ich sehe, dass es dir nicht gut geht. Du musst mir nichts vormachen. Ich bin hier, weil ich dir helfen möchte. Was ist los mit dir? Warum malst du nicht mehr?"

Fredo wich Philippes Blick aus und schwieg einen Moment. Schließlich sagte er leise: „Manchmal… weiß ich selbst nicht mehr, warum ich aufgehört habe. Es fühlt sich an, als hätte ich alles verloren, die Leidenschaft, die Inspiration. Und die Kraft."

„Du hast nichts verloren," sagte Phillipe eindringlich. „Du bist einer der begabtesten Menschen, die ich kenne. Vielleicht brauchst du nur einen neuen Anfang, etwas, das dich wieder aufleben lässt. Ich habe da etwas, das dir helfen könnte…"

Phillipe zögerte. Sollte er Fredo vom Pinsel erzählen? Vielleicht war dies der Moment, in dem sein Freund die Magie wiederentdecken konnte, nicht nur in der Kunst, sondern im Leben.

Phillipe zögerte nur einen Augenblick länger, dann griff er in seine Tasche und zog den Pinsel hervor. „Fredo, schau dir das an," sagte er und hielt den Pinsel vorsichtig in die Höhe. Die goldene Fassung glitzerte im gedämpften Licht des Raumes, und die Borsten schienen, selbst ohne Berührung, lebendig zu sein.

Fredo sah auf und erstarrte. Seine Augen weiteten sich, und eine plötzliche Blässe breitete sich über sein Gesicht aus. „Wo… woher hast du das?" flüsterte er, seine Stimme voller Panik.

Phillipe war überrascht von Fredos Reaktion. „Ich habe ihn in einem kleinen Antiquitätengeschäft in der Stadt gefunden. Fredo, dieser Pinsel… er ist unglaublich! Ich habe gestern mit ihm gemalt, und ich kann dir nicht erklären, was passiert ist. Es war, als hätte der Pinsel selbst geführt. Das Gemälde, das ich gemacht habe, ist anders als alles, was ich je erschaffen habe."

Fredo schüttelte heftig den Kopf und wich instinktiv zurück, als würde der Pinsel ihn bedrohen. „Phillipe, du hast keine Ahnung, womit du es zu tun hast! Dieser Pinsel… er ist nicht einfach nur ein Werkzeug. Er… er nimmt etwas von dir."

Phillipe runzelte die Stirn. „Was redest du da? Nimmt etwas von mir? Fredo, ich fühle mich inspiriert wie schon lange nicht mehr. Es ist, als hätte ich eine zweite Chance bekommen, meine wahre Kunst zu entdecken!"

Fredo sprang plötzlich auf. „Nein, Phillipe, hör mir zu! Ich kenne diesen Pinsel. Vor vielen Jahren… ich hatte ihn auch. Und anfangs war es genauso, wie du sagst. Ich konnte malen, wie ich es mir nie erträumt hätte. Aber dann…" Er hielt inne, seine Hände zitterten. „Ich verlor die Kontrolle. Der Pinsel ließ mich nicht mehr los. Und jedes Mal, wenn ich ihn benutzte, fühlte ich mich… leerer. Schwächer. Es war, als würde er etwas aus mir herausziehen."

Fredo schüttelte heftig den Kopf, sein Blick voller Verzweiflung. „Phillipe, das habe ich am Anfang auch gedacht. Der Pinsel macht süchtig. Er gibt dir ein Gefühl von Macht, von Vollkommenheit. Aber das ist eine Illusion. Mit jedem Strich nimmst du etwas von dir selbst und legst es auf die Leinwand. Du merkst es vielleicht nicht sofort, aber irgendwann… irgendwann bist du nicht mehr du selbst."

Phillipe schwieg, seine Finger umschlossen den Pinsel fester, als wolle er ihn vor Fredos Worten schützen. „Vielleicht bin ich anders," murmelte er schließlich, mehr zu sich selbst als zu Fredo. „Vielleicht habe ich die Stärke, ihn zu beherrschen."

Fredo lehnte sich vor, seine Stimme ein dringendes Flüstern. „Niemand ist stark genug, Phillipe. Der Pinsel kennt keine Gnade. Es beginnt harmlos, ein kleines Opfer hier, ein bisschen Energie dort. Aber bald wird er mehr fordern. Und wenn du ihm nicht gibst, was er will, wird er es sich nehmen."

Phillipe sah auf die glänzenden Borsten in seiner Hand, die jetzt so harmlos wirkten. Erinnerungen an das Gemälde von gestern Abend durchfluteten ihn, die lebendige, atemberaubende Landschaft, die wie von einer unsichtbaren Hand geschaffen schien. Es war ein Meisterwerk, eines, das er sich nie zugetraut hätte. Konnte er darauf verzichten? Konnte er diese Chance einfach wegwerfen?

„Ich danke dir, Fredo," sagte er schließlich, seine Stimme ruhig, aber bestimmt. „Ich werde vorsichtig sein. Aber ich kann das nicht einfach ignorieren. Dieser Pinsel hat etwas, das ich brauche. Vielleicht kann ich mit ihm das schaffen, wovon ich immer geträumt habe."

Fredo stand auf, zitternd vor Emotionen. „Phillipe, wenn du nicht aufhörst, wirst du am Ende alles verlieren. Bitte, hör auf mich. Gib den Pinsel zurück, bevor es zu spät ist."

Phillipe erhob sich ebenfalls, seine Augen funkelten vor Entschlossenheit. „Vielleicht hast du recht, Fredo. Aber vielleicht auch nicht. Ich muss das für mich selbst herausfinden."

Phillipe starrte seinen Freund an, unsicher, was er davon halten sollte. „Fredo, das klingt … unglaublich. Aber schau mich an, mir geht es gut. Vielleicht hattest du nur …"

„Nein!" unterbrach Fredo ihn, seine Stimme scharf. „Phillipe, ich habe versucht, ihn loszuwerden. Ich habe ihn verbrannt, ins Wasser geworfen, vergraben. Aber er kam immer zurück, immer! Bis ich schließlich …" Er brach ab, seine Augen füllten sich mit Tränen. „Bis ich aufhörte zu malen. Es war der einzige Weg, ihm zu entkommen."

Phillipe schwieg, während Fredos Worte in seinem Kopf widerhallten. Er blickte auf den Pinsel in seiner Hand. Das glänzende Gold, die makellosen Borsten, wie konnte etwas so Schönes so zerstörerisch sein? Doch dann erinnerte er sich an das Gemälde von gestern Abend, die unglaubliche Landschaft, die er mit einer Leichtigkeit geschaffen hatte, die er nie für möglich gehalten hätte.

„Vielleicht war es anders bei dir, Fredo", sagte Phillipe schließlich. „Vielleicht … vielleicht hast du ihm zu viel Macht gegeben. Ich bin stark genug, ihn zu kontrollieren."

Fredo schüttelte traurig den Kopf. „Das dachten schon viele, Phillipe. Ich bitte dich, leg den Pinsel weg. Hör auf, ihn zu benutzen, bevor es zu spät ist."

Phillipe zögerte, hin- und hergerissen zwischen Fredos Warnungen und seiner eigenen für das Potenzial, das der Pinsel ihm bot. Schließlich steckte er ihn zurück in seine Tasche. „Ich werde darüber nachdenken, Fredo. Aber ich kann nicht einfach aufhören, jetzt, wo ich endlich wieder das Gefühl habe, wirklich zu schaffen."

Fredo ließ sich schwer in seinen Sessel sinken. „Ich hoffe, du triffst die richtige Entscheidung, Phillipe. Aber sei gewarnt: Der Pinsel gibt nichts umsonst. Er nimmt mehr, als du bereit bist zu geben."

Phillipe steckte den Pinsel ein, während Fredo ihn mit einem Ausdruck aus Panik und Trauer ansah. Schließlich brach Fredo das Schweigen.

„Phillipe, ich kenne diesen Pinsel. Nicht nur vom Hören, ich hatte ihn selbst. Genau denselben."

Phillipe starrte Fredo an. „Du? Du hattest ihn auch? Wann war das?"

Fredo nickte langsam und begann, in einem heiseren Ton zu sprechen. „Es war vor vielen Jahren, als ich in einer schlimmen Phase war. Mein Leben war ein Chaos, meine Kunst stagnierte, und ich wusste nicht, wie ich weitermachen sollte. Da fand ich dieses kleine Geschäft in der Stadt, in einer schmalen, dunklen Gasse, die ich zuvor nie bemerkt hatte. Der Laden war voll von alten, seltsamen Dingen. Und dort … sah ich den Pinsel. Der Inhaber schien zu wissen, warum ich da war. Er sagte, der Pinsel sei für jemanden wie mich gemacht. Für einen Künstler, der bereit ist, alles zu geben, um seine Visionen zu verwirklichen." Phillipe lauschte aufmerksam, während Fredo sich an die Einzelheiten erinnerte. „Ich nahm ihn mit, ohne viel zu überlegen. Kaum hatte ich ihn in der Hand, spürte ich diese unglaubliche Kraft. Ich begann zu malen, und die Werke, die ich schuf, waren … außergewöhnlich. Es war, als würde der Pinsel meine Gedanken lesen und sie auf die Leinwand bringen."

„Das klingt wie meine Erfahrung", warf Phillipe ein. „Was ist dann passiert?"

Fredo schluckte schwer, seine Hände zitterten. „Es war nicht nur der Pinsel, der malte. Es war, als würde er etwas von mir nehmen. Mit jedem Strich fühlte ich mich müder, schwächer. Anfangs dachte ich, es sei nur die Anstrengung, die Konzentration. Aber bald wurde mir klar, dass ich nicht mehr dieselbe Energie hatte wie zuvor. Es war, als ob der Pinsel meine Lebensenergie verschlang."

Philippes Augen verengten sich. „Und dann?"

„Ich konnte nicht mehr weitermachen", fuhr Fredo fort. „Ich ging zurück zu dem Geschäft, um den Pinsel zurückzugeben. Der Inhaber sah mich an, als hätte er genau gewusst, was passiert war. Er nahm den Pinsel zurück, aber bevor ich gehen konnte, sagte er: ‚Es gibt immer einen Preis. Du musst wissen, Du hattest den Pinsel in der Hand, und es ist egal, ob du malst oder nicht. Es gibt immer einen Preis. Du musst wissen, wann du aufhören musst. Sonst wird er dich ganz nehmen.'"

Phillipe ließ Fredos Worte in sich wirken. „Und du hast seitdem nicht mehr gemalt?" fragte er schließlich.

Fredo schüttelte den Kopf, Tränen in den Augen. „Ich konnte nicht mehr. Alles, was ich schuf, war leer, ohne Seele. Der Pinsel hatte mir alles genommen, was mich zu einem Künstler machte."

Phillipe betrachtete den Pinsel, der nun in seiner Hand lag. Die Borsten schimmerten im Licht, makellos, als wären sie nie benutzt worden. „Aber Fredo, ich fühle mich großartig. Voller Inspiration, voller Kraft."

Fredo packte Philippes Hand. „Hör zu, Phillipe. Der Pinsel ist eine Falle. Er gibt dir, was du willst, aber er nimmt, was du brauchst. Glaub mir, ich war da. Vielleicht fühlst du es jetzt noch nicht, aber wenn du weiter malst ... wird er auch dich zerstören."

Phillipe schwieg, hin- und hergerissen zwischen Fredos eindringlicher Warnung und seiner eigenen Begeisterung für das Potenzial, das der Pinsel ihm bot. Schließlich stand er auf und steckte den Pinsel zurück in seine Tasche.

„Ich verstehe deine Angst, Fredo", sagte er leise. „Aber vielleicht ist meine Geschichte eine andere als deine."

„Es gibt keine andere Geschichte, Phillipe", murmelte Fredo. „Nur verschiedene Anfänge. Der Ausgang ist immer derselbe."

„Ich habe gestern mit diesem Pinsel ein Landschaftsbild gemalt, das an Schönheit und Kunst nicht zu übertreffen ist", sagte Phillipe, seine Augen leuchteten vor Begeisterung. „Und ich möchte damit mein Meisterwerk malen. Es ist, als ob dieser Pinsel meine innersten Visionen auf die Leinwand zaubert."

Fredo schüttelte langsam den Kopf, seine Miene wurde ernst. „Phillipe, du verstehst nicht, womit du es zu tun hast. Dieser Pinsel ist kein gewöhnliches Werkzeug. Es mag sein, dass er dir jetzt Kraft und Inspiration gibt, aber der Preis, den er fordert, ist hoch. Zu hoch."

Phillipe runzelte die Stirn, die Begeisterung in seinen Augen wich einem Hauch von Skepsis. „Fredo, ich fühle mich großartig. Warum sollte ich mir Sorgen machen? Vielleicht war deine Erfahrung anders. Ich kann den Pinsel kontrollieren."

Fredo packte Philippes Schulter mit fester Hand, seine Stimme drängend. „Phillipe, hör mir zu. Gibst du den Pinsel zurück, wird es dir ergehen wie mir. Ich habe ihn zurückgegeben und doch nie wieder gemalt. Es war, als hätte der Pinsel mir den Kern meiner Kreativität genommen. Aber wenn du weitermalst … wird es noch schlimmer. Dieser Pinsel verschlingt mehr und mehr von dir. Am Ende bleibt nichts übrig, weder von deinem Talent noch von dir selbst."

Phillipe zog die Hand weg und wich einen Schritt zurück. „Was schlägst du vor, Fredo? Dass ich ihn einfach aufgebe? Diesen Pinsel, der mir solche Wunder ermöglicht? Das kann ich nicht."

Fredo schloss die Augen, als ob er mit einem inneren Schmerz kämpfte. „Es gibt nur eine Möglichkeit,

Phillipe", sagte er schließlich mit leiser, eindringlicher Stimme. „Finde einen Weg, den Pinsel loszuwerden, Phillipe. Denn egal, ob du ihn zurückgibst oder weitermalst, das Ende wird das gleiche sein."

Phillipe starrte Fredo an, unfähig zu antworten. Die Worte hallten in seinem Geist wider, und für einen Moment spürte er das Gewicht der Entscheidung, die vor ihm lag. Der Pinsel in seiner Tasche schien plötzlich schwerer zu sein, als ob er selbst lebendig wäre und seine Gegenwart spüren könnte.

Doch Phillipe hatte sich längst entschieden. Er winkte Fredos Befürchtungen mit einem schwachen Lächeln ab, als wäre es nur eine kleine Meinungsverschiedenheit zwischen Freunden. „Ich weiß deine Sorge zu schätzen, Fredo, aber ich bin mir sicher, dass ich das Richtige tue. Du hast deine Erfahrung gemacht, und ich mache meine. Ich werde auf mich aufpassen."

Fredo sah ihn lange an, sein Blick eine Mischung aus Sorge und Resignation. Er wusste, dass er Phillipe nicht überzeugen konnte. Er seufzte schwer und sagte leise, „Mach, was du für richtig hältst, Phillipe. Aber sei dir bewusst, dass manche Entscheidungen unumkehrbar sind."

Phillipe wollte das Thema beenden. „Fredo, brauchst du etwas? Kann ich dir helfen?" fragte er, und seine Stimme war warm, fast väterlich.

Fredo schüttelte den Kopf. „Nein, danke, Phillipe. Pass du lieber auf dich auf. Mehr brauche ich nicht."

Phillipe trat auf ihn zu, legte ihm die Hand auf die Schulter und zog ihn in eine feste Umarmung. „Ich bin für dich da, mein Freund. Das weißt du, oder?"

„Das weiß ich", murmelte Fredo, doch seine Stimme klang müde, fast gebrochen.

Während Phillipe ihn losließ, schob er unbemerkt ein paar Geldscheine in Fredos Manteltasche, ein stilles Zeichen seiner Fürsorge. Fredo bemerkte nichts oder tat zumindest so, als ob er es nicht merkte.

„Ich melde mich bald wieder", sagte Phillipe, während er sich zur Tür wandte.

Fredo blieb in der Tür stehen, blickte seinem alten Freund nach, der zum Auto ging und davonfuhr. Eine bleierne Schwere lag auf seinem Herzen, und ein dunkler Schatten huschte über sein Gesicht. „Pass auf dich auf, Phillipe", flüsterte er, als das Auto außer Sicht war.

Antonio bewegte sich mit schweren zur Haustür, als ob seine Beine aus Blei wären. Jeder Schritt fühlte sich an, als würde er ihn tiefer in den Strudel seiner Trauer ziehen. Gerade wollte er in sein Auto steigen, als plötzlich sein Handy klingelte.

Er zog es aus seiner Tasche, zögerte einen Moment und nahm dann ab. „Hallo?"

Am anderen Ende meldete sich eine klare, ruhige Stimme: „Spreche ich mit Antonio Grasso?"

„Ja", antwortete Antonio, leicht verwundert.

„Hier spricht Dr. Lombardo", fuhr die Stimme fort. „Herr Grasso, ich rufe an, weil ich Ihnen mitteilen muss, dass Phillipe Duwall, Ihr Großvater, nicht tot ist."

Für einen Moment stand Antonio wie erstarrt. Seine Augen weiteten sich, und das Handy zitterte leicht in seiner Hand. „Wie bitte?! Was meinen Sie damit, er ist nicht tot? Ich war doch bei ihm, als er gestorben ist!"

„Ich verstehe Ihre Verwirrung", erklärte der Arzt ruhig. „Doch kurz nachdem Sie gegangen sind, bemerkten wir plötzlich einen schwachen Puls. Er lebt, wenn auch in einem sehr kritischen Zustand. Bitte kommen Sie sofort ins Krankenhaus."

„Ich bin schon unterwegs!" Antonio brachte diese Worte hastig hervor, bevor er auflegte. Sein Herz hämmerte, während er ins Auto sprang und den Motor startete.

Antonio kam mit quietschenden Reifen vor dem Krankenhaus zum Stehen, sprang aus dem Auto und eilte ins Gebäude. Seine Gedanken überschlugen sich, sein Atem ging schnell. Er stürmte den Flur entlang zu dem Zimmer, in dem er seinen Großvater zuletzt gesehen hatte. Doch als er die Tür öffnete, war das Bett leer. Keine Spur von Phillipe.

Verwirrt und mit wachsender Panik wandte sich Antonio um und lief zum Büro von Dr. Lombardo. Der Arzt, der seinen Großvater von Anfang an betreut hatte, war ihm gut bekannt. Ohne zu klopfen, riss er die Tür auf. „Wo ist mein Großvater? Er ist nicht in seinem Zimmer!" rief er, die Stimme zitternd vor Aufregung.

Dr. Lombardo, der an seinem Schreibtisch saß, sah auf und erhob sich sofort. Mit einer beruhigenden Geste forderte er Antonio auf: „Bitte, beruhigen Sie sich. Setzen Sie sich doch."

Der ältere Arzt, dessen langjährige Erfahrung und ruhige Ausstrahlung Antonio stets Vertrauen eingeflößt hatten, trat zu ihm. „Möchten Sie ein Glas Wasser?" Ohne auf eine Antwort zu warten, nahm er die Karaffe, goss ein Glas ein und reichte es Antonio.

Antonio nahm es hastig, trank in großen Schlucken und nickte dankbar. „Danke. Aber bitte, wo ist mein Großvater? Wie geht es ihm?"

Dr. Lombardo legte eine Hand auf Antonios Schulter. „Ihr Großvater ist auf der Intensivstation."

„Die Intensivstation? Was ist passiert?" fragte Antonio alarmiert.

„Kurz nachdem Sie das Krankenhaus verlassen hatten, spürten wir plötzlich einen sehr schwachen Puls", erklärte der Arzt mit ruhiger Stimme. „Wir haben sofort Maßnahmen ergriffen und ihn auf die Intensivstation gebracht. Dort wurde er eingehend untersucht. Herr Duwall befindet sich derzeit in einem sehr tiefen Koma. Seine Gehirnaktivität ist kaum messbar, und sein Herzschlag ist so schwach, dass er künstlich beatmet werden muss." Antonio schluckte schwer. „Aber wie ist das möglich? Er war tot ... ich habe es mit eigenen Augen gesehen!"

Dr. Lombardo hob die Hände in einer Geste des Bedauerns. „Wir können es uns momentan auch nicht erklären. Solche Fälle sind äußerst selten. Was wir jedoch sagen können, ist, dass seine körperlichen Funktionen auf einem minimalen Niveau arbeiten. Dennoch ..." Er zögerte. „Ich möchte Ihnen keine falschen Hoffnungen machen, Antonio. Es ist äußerst unwahrscheinlich, dass er aus diesem Koma jemals wieder aufwacht."

Antonios Stimme bebte vor Hoffnung und Verzweiflung. „Aber besteht wenigstens eine Chance, dass er wieder gesund wird?"

Dr. Lombardo atmete tief durch. „Es tut mir leid, Antonio, aber die Chancen stehen sehr schlecht. Wir wissen nicht, was die Ursache ist, und sein Zustand ist kritisch."

Antonio rang mit seinen Gefühlen. Nach einem Moment des Schweigens hob er den Kopf. „Kann ich ihn sehen?" Dr. Lombardo nickte mitfühlend. „Natürlich. Ich bringe Sie zu ihm."

Gemeinsam verließen sie das Büro und gingen in Richtung Intensivstation. Die Flure waren still, und jeder Schritt hallte wider, als sie sich dem Raum näherten, in dem Phillipe lag. Die Stille war erdrückend, und Antonios Herz klopfte wie ein Trommelschlag.

Als sie den Raum betraten, blieb Antonio für einen Moment in der Tür stehen. Sein Großvater lag regungslos im Bett, angeschlossen an zahlreiche Maschinen. Schläuche und Monitore überwachten jede seiner minimalen Lebensfunktionen. Es war ein Anblick, der Antonio die Kehle zuschnürte.

Phillipe stellte das Gemälde, das er zuerst gemalt hatte, neben das neue, um beide miteinander zu vergleichen. Er betrachtete sie lange, jedes Detail, jede Nuance. Beide Bilder waren unendlich vollkommen, jedes auf seine eigene Weise. Die Farben, die Texturen, die Lebendigkeit schienen fast übernatürlich. Stolz durchströmte ihn, und er murmelte leise zu sich selbst: „Fabrizio wird sich freuen. „Fabrizio, der seit vielen Jahren Philippes Werke in seiner Galerie verkaufte, war nicht nur sein Galerist, sondern auch einer seiner engsten Vertrauten. Er hatte Phillipe immer wieder gedrängt, mehr zu malen, da seine Kunstwerke gefragt waren und Fabrizio ebenfalls gut daran verdiente. Doch es war mehr als das. Fabrizio glaubte an Phillipe und seine außergewöhnliche Begabung. Phillipe war gespannt, wie Fabrizio auf diese neuen Werke reagieren würde. Besonders das Bild des idyllischen Dorfes mit dem lebhaften Markttreiben schien ihm etwas Einzigartiges zu sein, ein Werk, das die Betrachter in seinen Bann ziehen würde. Plötzlich überfiel ihn eine überwältigende Müdigkeit. Es war, als ob die intensive Arbeit an den Bildern ihm nicht nur körperliche, sondern auch geistige Energie entzogen hätte. Er beschloss, sich für eine Stunde auf die Couch zu legen und ein wenig auszuruhen. Doch bevor er sich hinlegte, griff er zum Telefon, um Fabrizio anzurufen. Er wählte die Nummer, und nach dem dritten Klingeln hob Fabrizio ab. „Galerie Fabrizio", meldete sich eine vertraute, freundliche Stimme.

„Hallo, Fabrizio, ich bin's, Phillipe."

„Phillipe! Wie geht es dir?"

„Danke, gut", antwortete Phillipe, und trotz seiner Erschöpfung klang seine Stimme belebt. „Fabrizio, du musst unbedingt zu mir kommen und meine letzten zwei Bilder ansehen, die ich gemalt habe. Sie sind etwas ganz Besonderes."

Am anderen Ende hörte Phillipe, wie Fabrizio sich räusperte, bevor er fragte: „Was hast du gemalt?"

„Zwei Landschaftsbilder", erklärte Phillipe stolz. „Eines davon zeigt ein idyllisches Dorf mit einem Marktplatz. Es ist... ich kann es schwer in Worte fassen, du musst es selbst sehen."

„Hör zu, Phillipe", sagte Fabrizio, dessen Ton nun geschäftiger klang. „Ich habe einen Porträtauftrag reinbekommen, und der Kunde möchte ausdrücklich, dass du das Porträt malst. Es wäre eine großartige Gelegenheit."

Phillipe nickte, auch wenn Fabrizio es nicht sehen konnte. „Kein Problem. wann kannst du bei mir sein?"

„Ich schließe die Galerie in drei Stunden und bin gegen 19 Uhr bei dir."

„Das passt perfekt. Bis später", sagte Phillipe und legte auf.

Er ließ das Telefon sinken und lächelte. Ein Porträtauftrag bedeutete nicht nur eine Herausforderung, sondern auch eine weitere Chance, den Pinsel auf eine neue Weise einzusetzen. Trotz seiner Begeisterung konnte er der Müdigkeit nicht länger widerstehen. Er zog sich die Schuhe aus und ließ sich auf die weiche Couchsinken. Während er sich zudeckte, kreisten seine Gedanken um die beiden fertigen Gemälde und die vielen Bilder, die er noch malen wollte. Ideen und Visionen wirbelten in seinem Kopf, doch langsam übernahm die Erschöpfung die Kontrolle. Mit einem zufriedenen Seufzen schloss Phillipe die Augen und fiel in einen tiefen, traumlosen Schlaf, die Staffelei mit den beiden Meisterwerken im Rücken, die im warmen Licht des Ateliers beinahe lebendig wirkten.

Ein lautes Klingeln und kräftiges Hämmern an der Haustür rissen Phillipe abrupt aus seinem Schlaf. Er blinzelte benommen und blickte zur Uhr. Es war schon ein paar Minuten nach 19 Uhr. Überrascht rieb er sich die Augen. Wie konnte er so lange schlafen? Eigentlich hatte er nur ein Stündchen ausruhen wollen.

Er raffte sich schnell auf, strich sich fahrig durchs Haar und eilte zur Haustür. Dort stand Fabrizio, die Stirn in Falten gelegt, ein deutlich ärgerlicher Ausdruck auf seinem Gesicht.

„Mensch, Phillipe, ich hämmere schon seit Minuten an deiner Tür! Ich dachte schon, dir wäre etwas passiert," sagte Fabrizio in einem vorwurfsvollen Ton.

„Nein, nein, mir geht es gut," erwiderte Phillipe entschuldigend. „Ich wollte mich nur kurz hinlegen und muss wohl tief eingeschlafen sein. Aber komm rein, Fabrizio! Ich will dir unbedingt die neuen Bilder zeigen."

Er führte Fabrizio ins Atelier. Die beiden blieben vor den Gemälden stehen, und Phillipe schaute seinen Freund mit einer Mischung aus Erwartung und Nervosität an. Fabrizio hingegen sagte kein Wort. Mit offenem Mund starrte er die Bilder an, als könne er nicht glauben, was er sah.

Für Phillipe vergingen die Sekunden wie eine Ewigkeit, bis Fabrizio endlich das Schweigen brach.

„Mein Gott, Phillipe!" flüsterte Fabrizio schließlich, seine Stimme überschlug sich beinahe. „Was hast du da erschaffen? Ich bin... sprachlos!"

Phillipe lächelte zufrieden, ein Hauch von Stolz in seinen Augen. „Gefallen sie dir?" fragte er ruhig.

„Gefallen?" wiederholte Fabrizio ungläubig. „Phillipe, ich habe schon unzählige Gemälde von den besten Künstlern dieser Welt gesehen. Aber diese hier... Das ist keine Kunst, das ist die Kunst der Kunst!"

Fabrizios Stimme zitterte vor Begeisterung, als er näher an eines der Bilder herantrat. „Wenn ich dieses Bild anschaue, habe ich das Gefühl, mitten auf dem

Marktplatz zu stehen. Es ist, als könnte ich die Stimmen der Händler hören, die Waren anpreisen, als könnte ich die Sonne auf meiner Haut spüren."

Er beugte sich vor, um die Details genauer zu betrachten. Mit scharfen Augen erfasste er jede Nuance, jede fein ausgearbeitete Szene. „Schau nur," sagte er, seine Stimme vor Staunen gedämpft. „In der Ferne, da ist sogar ein Reiter... unglaublich winzig, aber so detailreich."

Er kniff die Augen zusammen, um den kaum zwei Zentimeter großen Reiter in der Landschaft besser zu erkennen. „Winzig klein, und doch so perfekt ausgearbeitet!" murmelte Fabrizio voller Ehrfurcht.

Phillipe runzelte die Stirn. „Ein Reiter?" fragte er überrascht, trat näher an das Bild heran und kniff ebenfalls die Augen zusammen, um das Detail zu erkennen. Tatsächlich, in der Ferne, zwischen zwei Bäumen auf einem Hügel, saß ein Reiter hoch zu Ross, so filigran und lebendig, als hätte er jeden Moment losreiten können.

Ein kalter Schauer lief Phillipe über den Rücken. Er konnte sich nicht erinnern, diesen Reiter gemalt zu haben. Die Erinnerung daran fehlte völlig. Doch er schwieg und ließ sich nichts anmerken. Innerlich jedoch verspürte er ein eigenartiges Unbehagen.

Vielleicht war es besser, Fabrizio nichts von dem Pinsel zu erzählen.

Fabrizio bemerkte nichts von Philippes innerem Konflikt und wandte sich ihm voller Enthusiasmus zu. „Phillipe, du musst unbedingt mehr solcher Bilder malen! Die Leute werden mir diese Werke förmlich aus den Händen reißen. Das hier ist nicht nur Kunst, das ist Magie!"

Phillipe nickte abwesend, während Fabrizio weiter schwärmte. Doch in seinem Inneren kämpften Stolz und ein wachsendes Gefühl von Unbehagen miteinander. Was hatte Fredo noch gleich gesagt? „Der Pinsel gibt dir, was du willst, aber er nimmt, was du brauchst."

Er verdrängte den Gedanken. Jetzt war nicht der Moment für Zweifel. Stattdessen lächelte er leicht und sagte leise, „Ja, Fabrizio. Ich werde mehr Bilder malen."

Doch in ihm regte sich ein Schatten, ein winziges Flüstern der Sorge, dass er nicht ganz zum Verstummen bringen konnte.

„Fabrizio, ich bringe dir die Bilder in den nächsten Tagen vorbei, sobald die Ölfarben trocken sind", sagte Phillipe und lehnte sich an die Staffelei, die neben ihm stand. Seine Hände waren noch von feinen Spuren blauer Farbe bedeckt, und der Duft von Terpentin erfüllte den Raum.

Fabrizio, der gerade die Tür zu Philippes Atelier geschlossen hatte, nickte lächelnd. „Das klingt gut, Phillipe. Aber was ist eigentlich mit dem Porträt? Hast du schon darüber nachgedacht?"

Phillipe runzelte die Stirn, richtete sich auf und klopfte eine imaginäre Staubschicht von seiner Schürze. „Welches Porträt?" fragte er, sichtlich überrascht.

„Ach ja", begann Fabrizio und griff in seine Tasche. „Ein Geschäftsmann aus Mailand hat mich vor ein paar Tagen kontaktiert. Er wünscht sich ein Porträt seiner Frau, die vor einem Jahr verstorben ist."

Philippes Gesichtsausdruck wurde ernst. Er konnte sich den Schmerz eines solchen Verlusts nur zu gut vorstellen. „Ich habe nur ein paar Fotos von ihr", fuhr Fabrizio fort und reichte Phillipe ein kleines Päckchen. „Kriegst du das hin?"

Phillipe nahm die Fotos vorsichtig in die Hand und begann sie durchzublättern. Jedes Bild zeigte eine Frau von außergewöhnlicher Anmut. Sie hatte leicht gewellte, pechschwarze Haare, die elegant über ihre Schultern fielen, und Augen, die eine faszinierende Tiefe ausstrahlten, Augen, die Geschichten erzählten, die man nie ganz verstehen konnte.

„In welcher Komposition möchte er, dass ich sie male?" fragte Phillipe schließlich und sah zu Fabrizio hinüber.

„Er überlässt es ganz deiner Fantasie", antwortete Fabrizio. „Er hat bereits drei Gemälde von dir gekauft und ist ein großer Bewunderer deiner Arbeit. Er möchte unbedingt, dass du dieses Porträt anfertigst."

Phillipe nickte nachdenklich und legte die Fotos behutsam auf seinen Arbeitstisch. „Das ist eine Herausforderung", murmelte er. „Aber ich mag Herausforderungen."

„Das dachte ich mir", sagte Fabrizio und grinste. „Also, was sagst du? Schaffst du es?"

Phillipe sah ihn an und sagte mit einem kleinen Lächeln. „Ich werde mir eine Komposition einfallen lassen. Es wird etwas Besonderes. Magst du einen Kaffee, Fabrizio?"

Während Fabrizio Platz nahm und Phillipe begann, die Kaffeemaschine aufzusetzen, fiel sein Blick wieder auf die Fotos. Diese Frau, sie hatte eine Aura, die ihn nicht losließ.

„Wie ist sie gestorben?" fragte Phillipe plötzlich und drehte sich zu Fabrizio um.

Fabrizios Lächeln verschwand. „Ein Unfall", sagte er leise. „Ihr Auto wurde von einem Lastwagen gerammt.

Es war … schnell vorbei, aber der Schmerz für ihren Mann ist geblieben."

Phillipe nickte langsam. „Man sieht es in ihren Augen. Diese Tiefe. Es ist, als ob sie wüsste, dass ihre Zeit begrenzt ist."

Fabrizio schwieg, und Phillipe setzte sich mit zwei Tassen Kaffee zu ihm. „Ich denke, ich werde sie in einem Garten malen", sagte Phillipe schließlich, als er in Gedanken versunken in die Ferne blickte. „Mit Blumen, die sie umgeben, Rosen vielleicht. Etwas, das ihre Schönheit und die Vergänglichkeit des Lebens widerspiegelt."

Fabrizio nickte zustimmend. „Das klingt perfekt. Ich bin sicher, er wird es lieben."

Fabrizio verabschiedete sich mit einem herzlichen Händedruck und schloss die Tür hinter sich. Die Schritte auf dem Pflaster verklangen, und das Atelier wurde wieder von einer fast greifbaren Stille erfüllt, unterbrochen nur vom leisen Ticken der alten Standuhr in der Ecke.

Phillipe ließ sich einen Moment lang auf einen Stuhl fallen und atmete tief durch. Doch etwas ließ ihm keine Ruhe. Schließlich stand er auf und ging zurück zu seiner Staffelei, wo sein letztes Werk noch immer aufrecht stand, ein großformatiges Gemälde, in dessen

Details er in den letzten Tagen regelrecht versunken war.

Er trat näher, das Licht von der kleinen Lampe über seinem Arbeitsplatz fiel schräg auf die Leinwand, und seine Augen verengten sich, als er einen seltsamen, beinahe verstörenden Anblick wahrnahm.

Inmitten der sorgfältig komponierten Landschaft, einer hügeligen Szenerie mit weiten Feldern und einem schimmernden Fluss, über dem die Sonne schien, war die Figur zu erkennen, die Phillipe zuvor nicht bewusst wahrgenommen hatte. Es war der Reiter auf einem dunklen Pferd, nur schemenhaft zu erkennen, fast wie ein Schatten, der sich mit der Umgebung vermischte.

„Verdammt, wie kommt dieser Reiter in das Bild?" murmelte Phillipe, während er einen Schritt zurücktrat und das Gemälde aus einem anderen Winkel betrachtete. Er runzelte die Stirn und versuchte, sich zu erinnern.

Er trat näher heran und beugte sich vor, um das Gesicht des Reiters genauer zu betrachten, doch es war unscharf, geradezu absichtlich verborgen. Die Züge schienen sich seiner Wahrnehmung zu entziehen, und jedes Mal, wenn er glaubte, eine Linie zu erkennen, verschwamm sie wieder.

„Wann habe ich den ins Bild eingefügt?" fragte sich Phillipe laut und schüttelte den Kopf. Seine Stimme hallte leise in dem leeren Raum wider.

Er schloss die Augen, versuchte sich an den letzten Abend zu erinnern, an die Stunden, die er mit dem Pinsel in der Hand vor der Leinwand verbracht hatte. Doch sein Gedächtnis war wie ein Nebel, und die Details entglitten ihm.

„Na ja, vielleicht war ich einfach zu müde", dachte er schließlich und strich sich mit der Hand über die Stirn. Die letzten Nächte waren lang gewesen, und der Schlaf hatte ihn oft erst in den frühen Morgenstunden eingeholt.

Er zog sich zurück und ließ seinen Blick noch einmal über das gesamte Gemälde schweifen. Abgesehen von dem rätselhaften Reiter war das Bild genauso, wie er es geplant hatte, lebendig und voller Tiefe, mit einer harmonischen Balance zwischen Licht und Schatten.

Doch dieser Reiter …

Ein leichter Schauer lief ihm über den Rücken, aber er schob das Gefühl beiseite. „Vielleicht ist es eine Eingebung gewesen", murmelte er zu sich selbst, „etwas, das unterbewusst seinen Weg in das Bild gefunden hat."

Er löschte die Lampe und ließ das Atelier hinter sich, doch der Reiter blieb in seinen Gedanken. Wer war er? Woher kam er? Und warum hatte Phillipe das Gefühl, dass er ihn nicht das letzte Mal gesehen hatte?

Am nächsten Tag verbrachte Phillipe fast ununterbrochen in seinem Atelier. Er studierte die Fotos, suchte nach Inspiration und skizzierte unzählige Entwürfe. Jedes Detail musste stimmen, der Ausdruck in ihren Augen, die geschwungene Linie ihres Halses, die Art, wie ihr Haar im Wind zu fließen schien.

Es war früher Vormittag, als Phillipe die Leinwand vorsichtig an der Staffelei befestigte. Das Atelier war erfüllt von warmem Sonnenlicht, das durch die hohen Fenster fiel und die Farbtuben auf seinem Arbeitstisch in leuchtenden Tönen schimmern ließ. In seinem Geist hatte er die Komposition bereits fertig, ein Bild, das die Erinnerung an eine Frau festhalten sollte, die nicht mehr von dieser Welt war.

Doch als er nach dem Pinsel griff, zögerte er. Eine seltsame Unruhe erfasste ihn, als ob das Werkzeug, das er täglich in den Händen hielt, plötzlich fremd geworden wäre. Für einen Moment schloss er die Augen, atmete tief ein und sammelte sich. Dann nahm er den Pinsel entschlossen in die Hand, und wie ein Funken entzündete, sich die Euphorie in ihm. Die Leidenschaft, die ihn immer wieder an die Leinwand zog, kehrte mit voller Wucht zurück. Er begann zu malen. Der erste Strich war wie eine Brücke in eine andere Welt. Seine Bewegungen waren sicher und doch von einem ungewohnten Gefühl der Leichtigkeit begleitet. Die Farben auf der Palette mischten sich harmonisch, fast wie von selbst, und formten das Gemälde, die er sich so lebhaft vorgestellt hatte.

Die Zeit schien förmlich zu verschwinden, während er arbeitete. Die Stunden vergingen, ohne dass er sie bemerkte. Als er schließlich innehielt und aus dem Fenster blickte, sah er, dass die Sonne sich bereits dem Horizont näherte. Die warmen Strahlen, die zuvor das Atelier erfüllt hatten, wichen langsam den langen Schatten des Abends.

Phillipe trat ein paar Schritte zurück, um das Gemälde in seiner Gesamtheit zu betrachten. Sein Atem stockte, als er das Werk ansah. Er war erstaunt, wie schnell das Bild Gestalt angenommen hatte. Normalerweise benötigte er Tage, manchmal Wochen, um ein Porträt zu vollenden, doch nun stand es fertig vor ihm, so lebendig und ausdrucksstark, als hätte es ihn schon immer erwartet.

Er ließ seinen Blick zwischen dem Gemälde und dem Pinsel in seiner Hand wandern. „Mein Gott, was habe ich da für ein Werkzeug in den Händen!" flüsterte er zu sich selbst. Es war, als ob der Pinsel nicht nur seine Hand, sondern auch seinen Geist geführt hätte.

Das Gemälde zeigte die Frau, umgeben von einem üppigen, farbenfrohen Garten. Rosen in allen Schattierungen blühten um sie herum, ihre Blütenblätter schienen förmlich im Wind zu tanzen. Die Sonne, die sanft durch die Zweige der Bäume fiel, tauchte die Szene in ein warmes, goldenes Licht.

Doch die Frau selbst war anders. Phillipe hatte sie in Graustufen gemalt, ein Kontrast zu der farbenprächtigen Umgebung. Diese bewusste Entscheidung verlieh dem Bild eine tiefe symbolische Bedeutung. Sie schien zwischen zwei Welten zu stehen, eine Figur von Eleganz und Anmut, aber auch von Vergänglichkeit. Ihr Blick war in die Ferne gerichtet, als ob sie eine andere Realität sehen würde, die jenseits des irdischen Lebens lag.

Mit den Grautönen wollte Phillipe andeuten, dass sie nicht mehr Teil dieser lebendigen Welt war, sondern in eine andere übergegangen war, eine Welt, aus der es keine Rückkehr gab.

Phillipe spürte eine Gänsehaut auf seiner Haut, während er das Bild betrachtete. Es war mehr als ein Porträt. Es war ein Abschied, ein stiller Gruß an eine Seele, die weitergezogen war. Und doch hatte das Bild eine warme Melancholie, eine Erinnerung daran, dass Schönheit und Liebe die Grenzen des Lebens überdauern können.

Mit einem leisen Seufzen ließ er sich in seinen Stuhl sinken. Draußen war es nun fast dunkel geworden, doch das Gemälde schien im schwindenden Licht des Ateliers noch lebendiger zu wirken.

Phillipe hatte bei seiner Arbeit jegliches Zeitgefühl verloren. Als er schließlich von seinem Stuhl aufstand, bemerkte er, wie schwach er war. Ein Schwindelgefühl überkam ihn, und er wurde sich plötzlich bewusst, dass er den ganzen Tag nichts gegessen hatte. Doch bevor er einen Schritt in Richtung Küche machen konnte, verspürte er eine unheimliche Kälte, die sich wie ein eisiger Schleier durch den Raum zog. Gleichzeitig überkam ihn eine erdrückende Müdigkeit. Seine Glieder fühlten sich schwer an, als ob unsichtbare Fesseln ihn niederdrückten.

Er griff nach der Lehne seines Stuhls, um nicht umzufallen. „Wenn ich jetzt aufstehe, kippe ich um", dachte er und schüttelte den Kopf, um die Benommenheit abzuwehren. Mit letzter Kraft richtete er sich auf und taumelte, sich an Möbeln und Wänden stützend, Richtung Küche. Sein Ziel war es, etwas zu essen und einen Tee zu machen, damit er wieder zu Kräften kommen konnte.

Doch er schaffte es nur bis zur Couch im Salon. Mit einem tiefen Seufzen ließ er sich auf die Polster fallen, schloss die Augen, und war im nächsten Moment in einen tiefen Schlaf gefallen.

Sein Schlaf war unruhig, erfüllt von seltsamen Bildern und einer drückenden Stimmung. Phillipe träumte, und in seinem Traum stand er vor einer Staffelei, mit dem Pinsel in der einen Hand und der Farbpallette in der anderen. Doch er war nicht in seinem Atelier.

Er befand sich auf einem kleinen, kahlen Hügel. Es war tief in der Nacht, und die Welt um ihn herum war düster und bedrohlich. Dunkle Wolken zogen am Himmel vorbei, ihre scharfen Ränder leuchteten gespenstisch im blassen Licht des Mondes. Ein kalter Wind strich über die trostlose Erde, und Phillipe spürte, wie sein Herz schneller schlug.

Plötzlich bemerkte er eine Bewegung in der Ferne. Im Mondlicht schimmerte eine Silhouette, ein Reiter auf einem Pferd, der langsam auf ihn zukam. Mit jedem Schritt des Pferdes wurde die Gestalt deutlicher. Philippes Augen weiteten sich, als er den Reiter erkannte. Es war derselbe, der sich in das Bild eingeschlichen hatte, das er gemalt hatte, ohne zu wissen, wann oder wie.

Der Reiter war groß und aufrecht. Seine Augen glühten in einem unheimlichen Rot, und dieselbe glühende Intensität spiegelte sich in den Augen des schwarzen Pferdes wider, das er ritt. Die Hufe des Tieres bewegten sich lautlos, als ob sie den Boden nicht berühren würden.

Der Reiter hielt wenige Schritte vor Phillipe an und blickte ihm direkt in die Augen. Phillipe spürte, dass er träumte, doch alles fühlte sich erschreckend real an, der kalte Wind, das leise Wiehern des Pferdes, die bedrohliche Präsenz des Reiters.

Phillipe hatte keine Angst, aber er spürte, dass er vor etwas Mächtigem stand. Etwas, das jenseits seines Verstandes lag. Der Reiter erhob langsam seinen Arm, sein Finger zeigte direkt auf Phillipe.

Dann sprach er, und seine Stimme war tief und dröhnend, voller Autorität. „Du wirst mich malen, so wie du mich jetzt vor dir siehst."

Phillipe stand wie erstarrt. Er wollte etwas sagen, aber kein Wort kam über seine Lippen. Er konnte sich nicht bewegen, nicht einmal blinzeln. Der Blick des Reiters hielt ihn fest wie ein Magnet, und seine Worte hallten in Philippes Geist nach.

„Du wirst und du musst", schien der Reiter mit seinem eindringlichen Blick zu sagen.

Nachdem er einige Sekunden verharrt hatte, wandte der Reiter sein Pferd. Langsam, fast bedächtig, ritt er in die Dunkelheit zurück, aus der er gekommen war.

Phillipe stand noch immer regungslos da, der Pinsel in seiner Hand zitterte leicht. Das Bild der Szene brannte sich in sein Gedächtnis, die glühenden Augen des Reiters, die schimmernde Mähne des Pferdes, die unwirkliche Stille der Nacht.

Dann begann der Traum zu verblassen, und Phillipe erwachte mit einem Keuchen. Er lag auf der Couch, sein Körper war schweißgebadet, und sein Herz pochte laut in seiner Brust. Er setzte sich auf, fuhr sich mit der Hand übers Gesicht und sah sich im Salon um. Alles schien normal.

Doch das Bild des Reiters ließ ihn nicht los. Es war, als ob die Szene des Traums, dass sich tief in Phillipe Gedächtnis eingebrannt hatte eine Botschaft war.

„Was für ein Albtraum," sagte Phillipe zu sich selbst und tröstete sich, dass es ja nur ein Traum war. Wahrscheinlich ausgelöst von dem kleinen Reiter das sich, irgendwie in sein Gemälde eingeschlichen hat. Er dachte nicht daran den Forderungen des Reiters nachzukommen und das Bild zu malen. Das war ein zu düsteres Motiv, das er nicht malen wollte. Es war bereits 22 Uhr, als Phillipe auf seine Uhr schaute. Sein Körper fühlte sich immer noch erschöpft an, aber er hatte etwas an Kraft zurückgewonnen. Langsam ging er in die Küche. Dort trank er ein Glas kaltes Wasser, das ihm kurzzeitig neue Energie gab. Er öffnete die Kühlschranktür und ließ seinen Blick über die Vorräte schweifen. Es gab allerlei zu essen, Käse, Brot, frisches Obst, sogar ein Stück des Kuchens, den er sich für besondere Momente aufgehoben hatte. Aber er konnte nicht. Der Hunger, den er vorher gespürt hatte, war verschwunden. Stattdessen spürte er eine seltsame Schwere in seiner Brust, die ihm den Appetit nahm. Phillipe schloss die Kühlschranktür und lehnte sich dagegen. Seine Gedanken wanderten unwillkürlich zu dem Reiter zurück. Das Bild seines Traumes war so lebendig, dass es ihm vorkam, als sei es eine tatsächliche Begegnung gewesen. Die roten Augen, die dunkle Präsenz, die tiefen Worte, alles fühlte sich so real an. Er schüttelte den Kopf, als wollte er die Erinnerung abschütteln, und wandte sich ab. Da fiel ihm ein, dass Übermorgen Samstag war. Er war eingeladen zur Geburtstagsfeier von Antonio und dessen Frau. Eine Feier, die er nicht verpassen wollte, nicht nur, weil Antonio sein Enkel war, sondern auch, weil es eine Gelegenheit war, sich von seiner Arbeit und den seltsamen Ereignissen der letzten Tage abzulenken. „Ich muss fit sein," murmelte Phillipe zu sich selbst und beschloss, für heute und morgen früh schlafen zu gehen. Er ging ins Schlafzimmer, zog sich um und legte sich ins Bett. Doch die Ruhe, die er suchte, blieb aus. Kaum hatte er die Augen geschlossen, begannen seine Gedanken wieder um den Reiter zu kreisen. Warum war diese Gestalt in seinem Traum erschienen? Und warum fühlte er sich so verpflichtet, den Reiter zu malen? Phillipe drehte sich auf die Seite, dann auf die andere. Die Dunkelheit des Raumes schien ihn nicht zu beruhigen, sondern seine Unruhe zu verstärken. Das Gesicht des Reiters, das glühende Rot seiner Augen, das kraftvolle schwarze Pferd, all das schien ihn nicht loszulassen. Nach einer Weile spürte er, wie seine Gedanken langsamer wurden, wie die Müdigkeit endlich die Oberhand gewann. Langsam glitt er in einen unruhigen Schlaf, während der Reiter weiterhin, wie ein Schatten in den Tiefen seines Bewusstseins verweilte.

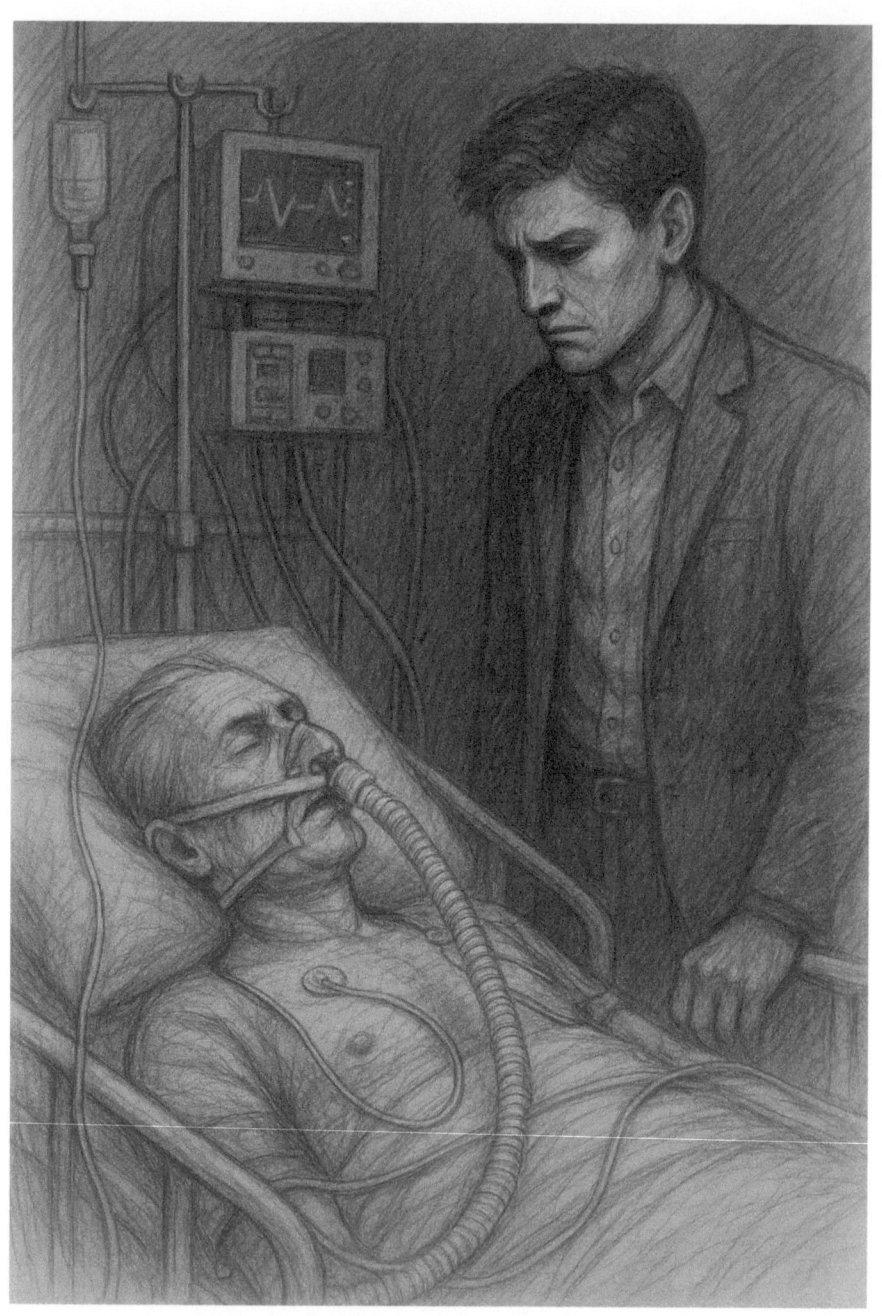

Antonio hielt die kalte, schlaffe Hand seines Großvaters und spürte, wie sich seine Gedanken immer wieder im Kreis drehten. Einerseits klammerte er sich an die Hoffnung, dass Phillipe aus dem Koma erwachen könnte, dass er eines Tages die Augen öffnete und mit seiner rauen, aber liebevollen Stimme sprach. Andererseits nagte die Angst an ihm, was, wenn dieser Tag nie kommen würde. Was, wenn Phillipe für immer in diesem Zwischenzustand gefangen bliebe?

Er betrachtete das Gesicht seines Großvaters, das ihm trotz der Alterung und der Krankheit immer noch vertraut erschien. Die tiefen Falten erzählten Geschichten eines Lebens voller Kämpfe, Erfolge und einer Leidenschaft für die Kunst, die alles überstrahlte. Antonio erinnerte sich an die unzähligen Stunden, die er in dessen Atelier verbracht hatte, wie Phillipe ihn in die Geheimnisse der Malerei einweihte, immer mit einem Lächeln, immer geduldig.

Doch jetzt war dieses Gesicht still, leer, keine Regung, kein Zeichen des Lebens außer dem gleichmäßigen Heben und Senken seiner Brust, das von der Maschine unterstützt wurde. Antonio fragte sich, ob Phillipe ihn überhaupt noch spürte, ob irgendwo in diesem tiefen Koma ein Teil seines Großvaters noch existierte, der wusste, dass er nicht allein war. Da öffnete sich leise die Türe, und Fredo betrat den Raum. Sein Blick war ernst, fast schon besorgt, und seine Bewegungen vorsichtig, als ob er die gespannte Atmosphäre nicht stören wollte. Vor ihm saß Antonio, der neben dem Großvater am Bett auf einem abgenutzten Holzstuhl saß, den Kopf gesenkt, die Hände gefaltet. Er bemerkte Fredo nicht, so in Gedanken versunken war er. Fredo ging langsam auf ihn zu. Sein Schatten huschte über den Boden und legte sich kurz auf Antonios Schulter, bevor Fredo ihm eine Hand darauflegte. Antonio zuckte leicht zusammen, als würde ihn die Berührung aus einem düsteren Traum reißen. Er drehte den Kopf, seine Augen schwer vor Kummer, und sagte mit leiser, brüchiger Stimme.

„Fredo, schön, dass du da bist. Schau nur, was aus meinem Großvater geworden ist. Noch vor ein paar Stunden ist er in meinen Armen gestorben, Fredo. Tot! Und jetzt, jetzt lebt er, aber er ist in einem tiefen Koma. Ich verstehe das alles nicht. Wie konnte es passieren, dass er in so kurze Zeit so geworden ist?"

Fredo ließ seine Hand auf Antonios Schulter ruhen und erwiderte mit ruhigem Ton, „Phillipe muss einen Kampf bestehen, Antonio. Da, wo er jetzt ist. Gewinnt er diesen Kampf, wird alles wieder gut." Antonio runzelte die Stirn und sah Fredo verwirrt, fast schon skeptisch an.

„Was meinst du damit? Was für ein Kampf? Ich verstehe das nicht!" Seine Stimme klang lauter, als er beabsichtigt hatte, doch der Gedanke an das Unverständliche, das vor ihm lag, ließ ihn nicht los.

„Komm mit, Antonio", sagte Fredo und zog ihn sanft am Arm. „Wir müssen reden. Hier kannst du im Moment nichts tun." Seine Stimme war fest, aber auch mitfühlend, als wollte er Antonios Schmerz nicht verstärken. Gemeinsam standen sie auf und verließen leise das Zimmer, fast so, als könnten sie Phillipe in seinem Schlaf tatsächlich stören. Die gedämpften Schritte hallten im Flur wider, und eine bedrückende Stille lag zwischen ihnen, die nur von dem leisen Summen der Krankenhausbeleuchtung durchbrochen wurde.

Auf dem Weg in die Cafeteria des Krankenhauses fragte Antonio schließlich, beinahe flüsternd, „Fredo, von was für einem Kampf sprichst du? Was hat das alles zu bedeuten?" Seine Stimme zitterte, doch sein Blick war fest auf Fredo gerichtet, als ob er die Antwort aus ihm herauslesen könnte.

Fredo blieb für einen Moment still, als wollte er die richtigen Worte suchen. „Ich weiß, warum Phillipe in diesen Zustand gekommen ist", sagte er schließlich. „Und ich werde dir alles erzählen."

Die beiden traten in die hell erleuchtete Cafeteria ein. Der Geruch von frisch gebrühtem Kaffee und Reinigungsmittel lag in der Luft. Sie holten sich jeweils eine Tasse des heißen Getränks, Antonio mit zitternden Händen und suchten sich einen abgelegenen Platz in der hintersten Ecke des Raumes. Hier waren sie ungestört, abgeschottet von den anderen Gästen, die sich leise unterhielten.

„Antonio", begann Fredo mit ernster Stimme, während er seinen Kaffee vorsichtig umrührte, „du kennst doch den Lieblingspinsel deines Großvaters. Den Pinsel, den er nie aus der Hand lässt und mit dem er diese fantastischen Bilder malt."

Antonio nickte zögernd. „Ja", sagte er. „Damit malt er Bilder wie nie zuvor. Es ist, als ob er durch diesen Pinsel etwas Besonderes in sich gefunden hat, das vorher nicht da war."

„Richtig", erwiderte Fredo und lehnte sich vor, als wollte er sicherstellen, dass niemand außer Antonio ihn hören konnte. „Diesen Pinsel hat er zufällig in einem kleinen Antiquitätengeschäft in der Stadt entdeckt. Er hat ihn vor einiger Zeit gekauft. Und genau damit hat alles begonnen."

Antonio runzelte die Stirn. „Wie meinst du das? Es ist doch nur ein Pinsel. Was könnte daran so besonders sein?"

Fredo seufzte, trank einen Schluck Kaffee und sah Antonio direkt in die Augen. „Dieser Pinsel ist kein gewöhnlicher Pinsel. Er trägt eine Geschichte in sich, eine, die dunkler ist, als du dir vorstellen kannst."

Antonio wurde blass. „Eine Geschichte? Fredo, ich verstehe nicht. Was meinst du?"

Fredo ließ seinen Blick in die Ferne schweifen, als würde er tief in seinen Erinnerungen wühlen. Für einen Moment herrschte eine unheimliche Stille, nur das leise Knistern einer entfernten Lampe war zu hören. Dann begann er mit leiser, eindringlicher Stimme zu erzählen:

„Der Pinsel gehörte einst einem Mann namens Giuliano Bertucci, einem Künstler aus der Zeit der Renaissance. Er war ein Genie, ein wahrer Meister seines Fachs. Doch eines Tages geschah etwas Seltsames. Seine Bilder wurden... anders. Sie waren nicht nur von überirdischer Schönheit, sondern so lebendig, dass die Menschen schworen, sie hätten sich bewegt. Figuren in seinen Gemälden schienen zu atmen, ihre Augen verfolgten einen durch den Raum, und es hieß, manche hätten sogar geflüstert."

Antonio spürte, wie sich ein leichter Schauer über seinen Rücken zog. Er beugte sich näher zu Fredo, der seine Geschichte mit bedächtiger Stimme fortsetzte.

„Die Nachfrage nach seinen Werken war riesig. Adlige, Kaufleute, ja sogar Kleriker rissen sich darum, ein Bild von Bertucci zu besitzen. Doch bald verbreiteten sich düstere Gerüchte. Diejenigen, die seine Bilder kauften, erkrankten, einige wurden wahnsinnig, andere starben auf mysteriöse Weise. Es hieß, Bertucci habe seine Gabe nicht allein erlangt. Er hatte einen Handel abgeschlossen… mit etwas, das nicht aus dieser Welt stammte."

Fredo machte eine Pause. Seine Augen wirkten für einen Moment abwesend, als würde er selbst nicht glauben wollen, was er erzählte.

Antonio schluckte. Die Luft im Raum schien kälter geworden zu sein.

„Ein Handel?", flüsterte er. „Mit wem?"

Fredo sah ihn mit einem Blick an, der zugleich warnend und voller Bedauern war.

„Mit dem, das in der Dunkelheit lauert. Mit dem, das für Talent einen grausamen Preis verlangt."

„Mit einer Macht, die wir besser nicht beim Namen nennen", sagte Fredo leise. „Der Pinsel war ein

Geschenk, doch er kam mit einem Preis. Jeder, der ihn benutzt, gibt einen Teil seiner Seele dafür, dass er diese unglaubliche Kunst erschaffen kann. Phillipe hat diesen Pinsel benutzt, Antonio. Und jetzt zahlt er den Preis dafür."

Antonio schüttelte den Kopf, unfähig, das Gehörte zu begreifen. „Das kann nicht sein... Er wollte doch nur malen, nur malen!"

„Ich weiß", sagte Fredo. „Aber dieser Pinsel ist mehr als ein Werkzeug. Er hat Phillipe in einen Kampf mit einem Dämon gezogen, Antonio."

„Mit einem Dämon?" fragte Antonio ungläubig, während ein leicht spöttisches Lächeln über sein Gesicht huschte.

„Ja, Antonio, das ist die Wahrheit", entgegnete Fredo mit ernster Stimme, die keinen Raum für Zweifel ließ. Seine Augen fixierten Antonio, als wollte er ihm die Bedeutung seiner Worte einprägen. „Es ist das Bild mit dem Reiter."

„Das Bild, das auf der Staffelei ist?" fragte Antonio, seine Verwirrung wuchs. Er runzelte die Stirn, während er sich das Gemälde vorstellte, das er selbst betrachtet hatte.

„Genau", bestätigte Fredo. „Dein Großvater wollte dieses Bild nicht malen, Antonio. Er wurde dazu gezwungen, innerlich, durch den Pinsel, durch etwas, das größer ist als er selbst. Dieses Gemälde ist nicht einfach nur ein Bild. Es ist ein Tor. Ein Tor, durch das der Dämon hindurchkommen kann."

„Fredo, hör dir doch selbst zu", erwiderte Antonio mit einem skeptischen Lächeln, das die Unsicherheit in seiner Stimme kaum verbergen konnte. „Ein Dämon? Das ist doch Unsinn. Der Reiter ist immer noch im Bild, oder etwa nicht? Er ist nicht durchgekommen." Antonio schüttelte den Kopf, als wollte er die Absurdität der Aussage abschütteln.

Fredo lehnte sich vor und sah Antonio direkt in die Augen. Sein Blick war von einer Ernsthaftigkeit durchdrungen, die Antonio unbehaglich machte. „Doch, Antonio. Sowas gibt es. Glaub mir, ich habe es selbst erlebt. Ich hatte diesen Pinsel, lange bevor Phillipe ihn in die Hände bekam. Und ich hatte das Glück, ja, das pure Glück, ihn loszuwerden, bevor er mich vollständig zerstörte. Aber ich habe dafür einen hohen Preis bezahlt."

Antonio blieb stumm, die Worte Fredos schienen in ihm nachzuhallen. „Es hat trotzdem mein Leben ruiniert", fuhr Fredo mit leiser, fast gebrochener Stimme fort. „Und jetzt hat dieser Fluch Phillipe erfasst. Ich habe ihn gewarnt, Antonio. Ich habe ihm gesagt, dass er diesen Pinsel wegwerfen soll, dass er das Bild niemals fertigstellen darf. Aber er hat nicht auf mich gehört. Er hat geglaubt, er könnte ihn kontrollieren. Doch er hat sich geirrt."

Antonio runzelte die Stirn. „Du sagst, der Dämon ist noch im Bild, weil es nicht fertig ist?"

Fredo nickte langsam. „Genau. Dein Großvater hat zwar den Dämon eingefangen, aber er konnte ihn nicht vernichten. Das Bild ist eine Art Gefängnis. Solange das Gemälde unvollendet bleibt, bleibt der Dämon gefangen. Aber wenn das Bild fertiggestellt wird, Antonio, dann..." Fredo hielt inne und atmete schwer, als ob allein der Gedanke daran ihn überforderte. „Dann wird er frei. Und glaub mir, das darf niemals geschehen."

Antonio schüttelte den Kopf, seine Stimme war eine Mischung aus Frustration und Verzweiflung. „Fredo, hör doch auf! Schau dir meinen Großvater an. Er liegt da, in einem Koma, völlig hilflos. Sieht er für dich so aus, als könnte er gegen einen Dämon kämpfen?"

Fredo hielt dem Blick Antonios stand, seine Augen voller Entschlossenheit. „Ja, Antonio. Er kämpft. Genau jetzt. Der Kampf hat begonnen, und er findet nicht hier in dieser Welt statt. Es ist ein Kampf, der in ihm tobt, in seinem Geist, in seiner Seele."

„Aber wie soll das Gehen?" fragte Antonio, seine Stimme bebte vor Emotionen. „Wie kann ein Mann, der so geschwächt ist, gegen so etwas wie... einen Dämon gewinnen? Das ist doch unmöglich!"

„Dein Großvater ist stärker, als du denkst", erwiderte Fredo. „Er ist ein Kämpfer, Antonio. Das war er immer. Und dieser Kampf, so schwer er auch ist, ist einer, den nur er führen kann. Er hat einen Weg gefunden, den Dämon zu besiegen. Aber er braucht Zeit, und er braucht deine Unterstützung."

„Meine Unterstützung?" Antonio sah Fredo fragend an. „Was kann ich denn tun? Ich bin kein Kämpfer, kein Künstler wie er. Ich bin nur... ich."

Fredo legte ihm eine Hand auf die Schulter, seine Stimme war jetzt sanft, aber eindringlich. „Du kannst ihm helfen, Antonio. Nicht, indem du kämpfst, sondern indem du dafür sorgst, dass nichts und niemand den Dämon befreit. Der Pinsel, das Bild. Du hast nur eine Aufgabe, die ich Dir erklären werde."

Antonio sah ihn an, Zweifel und Entschlossenheit kämpften in seinen Augen. „Und wenn wir es nicht schaffen? Was dann?"

Fredo schwieg einen Moment, bevor er leise antwortete. „Ich weiß es nicht. Aber bis dahin dürfen wir nicht die Hoffnung verlieren. Dein Großvater verdient diese Chance, Antonio." Eine lange Stille breitete sich aus. Antonio starrte in seine Tasse, die inzwischen kalt geworden war. Schließlich hob er den Blick, und in seinen Augen lag eine neue Entschlossenheit. „Also gut, Fredo. Ich werde tun, was nötig ist."

Fredo nickte. „Dann lass uns gehen. Aber sei auf alles gefasst, Antonio. Der Dämon mag gefangen sein, aber er wird nicht kampflos aufgeben."

Phillipe begann, den Himmel zu malen. Mit jedem Pinselstrich fühlte er sich von dem Werkzeug geführt, als ob der Pinsel selbst genau wusste, was er erschaffen wollte. Die Bewegungen waren fließend, mühelos. Doch diesmal war es anders. Phillipe spürte, dass das Malen länger dauerte als bei den ersten beiden Bildern. Es war, als ob die Farben sich zögerlicher auf der Leinwand niederließen, als ob die Luft schwerer war. Er hatte bereits über eine Stunde gemalt und machte nur kurze Pausen, um das Gemälde aus ein paar Metern Entfernung zu betrachten. Doch dann überkam ihn erneut eine starke Müdigkeit und Schwäche, die er sich nicht erklären konnte.

„Komisch" dachte er bei sich. „Ich habe doch geschlafen, und es ist erst neun Uhr morgens." Doch die Erschöpfung konnte er nicht leugnen. Mit einem Seufzen legte er den Pinsel beiseite und machte es sich auf dem Sofa im Atelier bequem, um ein kleines Nickerchen zu machen. Das Gemälde und die anderen Werke schwirrten weiter in seinem Kopf, und kurz bevor er in den Schlaf glitt, dachte er an das Porträt der verstorbenen Frau, dass er für ihren Mann gemalt hatte. „Er muss seine Frau sehr geliebt haben", murmelte Phillipe leise, als seine Augen zufielen und er in einen tiefen, ruhigen Schlaf sank. Plötzlich fand er sich wieder auf dem Hügel, der ihn in einem sein letztes Träumen heimgesucht hatte. Der bedrohliche Reiter, den er längst vergessen hatte, tauchte erneut auf. Phillipe stand wie erstarrt, als der Reiter auf ihn zukam. Mit jedem Schritt des Pferdes schien der Boden selbst zu vibrieren. Als der Reiter vor ihm stehen blieb, starrten die leuchtenden Augen des Ungeheuers ihn durchdringend an, und Phillipe konnte sich nicht rühren. Der Reiter sprach mit einer Stimme, die wie das Rauschen eines fernen Sturms klang:

„Ja, er liebte diese Frau, und du hast sie mit meinem Pinsel gemalt. Ihre beiden Seelen gehören jetzt mir."

Das Blut schien in Philippes Adern zu gefrieren, als er die Worte des Reiters hörte. Der Reiter drehte sich langsam um, das Pferd schnaubte, und in einem gemächlichen Schritt ritt der Mann zurück und verschwand hinter dem Hügel, während Phillipe noch immer wie gelähmt auf dem Fleck stand. Ein kalter Schauer lief ihm über den Rücken, als die Worte des Reiters in seinem Kopf widerhallten. „Die Seele gehören jetzt mir…", wiederholte er innerlich. Was hatte alles zu bedeuten? Warum schien der Pinsel in seinen Händen mit solch unheilvoller Macht zu laden? Was für ein Abgrund lag hinter diesen Bildern? Die Dunkelheit, die sich in ihm ausbreitete, schien alles andere zu überlagern.

Phillipe fuhr ruckartig hoch. Sein Herz raste, sein Atem ging schwer. Einen Moment lang war er orientierungslos, sein Blick irrte durch das Atelier, als suchte er etwas, oder jemanden. Dann fiel sein Blick auf die Staffelei, auf das unvollendete Gemälde, auf die dunklen Schatten, die sich darin zu bewegen schienen.

Langsam kam er wieder zu sich. Es war nur ein Traum gewesen... wieder dieser unheilvolle Albtraum, wieder dieser Reiter mit seinen leuchtenden Augen.

Er rieb sich über das Gesicht und murmelte, „Was für ein schrecklicher Albtraum... schon wieder dieser Geistreiter." Sein Blick wanderte zum Fenster hinaus. Der Himmel war trüb, als hätte das Wetter seine düsteren Gedanken übernommen.

„Habe ich mich zu sehr von Fredos Worten und Befürchtungen beeinflussen lassen?" fragte er sich selbst. Doch die Kälte, die der Traum in ihm hinterlassen hatte, ließ sich nicht so einfach abschütteln. Er seufzte und stand auf. Vielleicht würde eine Tasse Kaffee helfen, den Nebel in seinem Kopf zu vertreiben. Gerade als er in die Küche ging und die Kaffeemaschine anstellte, klingelte es an der Tür.

Phillipe zuckte leicht zusammen. Sein Blick huschte zur Uhr, es war noch früh am Morgen. Wer konnte das sein?

Er strich sich fahrig durch das Haar, ging zur Tür und öffnete sie. Dort stand Fabrizio, ein Lächeln auf den Lippen.

„Phillipe, grüß dich! Ich komme, um die beiden Bilder abzuholen." „Ah, Fabrizio... ja, komm rein. Magst du eine Tasse Kaffee?" fragte Phillipe mit einer müden Stimme.

„Ja, gern." Fabrizio trat ein und folgte ihm in die Küche. Während Phillipe die Tassen vorbereitete, musterte Fabrizio ihn genauer.

„Phillipe, ist alles in Ordnung mit dir? Du bist so blass", stellte er besorgt fest.

Phillipe winkte ab. „Ja, ja, mir geht's gut. Ich habe mich für ein paar Minuten hingelegt und hatte einen Albtraum. Aber lassen wir das." Er drehte sich um, goss den dampfenden Kaffee ein und stellte eine Tasse vor Fabrizio ab. „Die Bilder sind eingepackt, du kannst sie gleich mitnehmen."

Fabrizio nahm einen Schluck Kaffee, dann lehnte er sich zurück und verschränkte die Arme. „Phillipe, ich habe viele Interessenten für deine Werke. Meine Stammkunden sind begeistert und bereit, gut zu bezahlen. Hast du schon Nachschub?"

Phillipe ließ sich schwer auf einen Stuhl sinken. „Ich arbeite daran... aber es geht nicht so schnell wie die ersten Bilder. Ich fühle mich in letzter Zeit oft schwach, als würde mir die Energie fehlen." Fabrizio runzelte die Stirn. „Kein Wunder, du hast auch abgenommen. Du solltest mehr essen."

Phillipe zuckte nur mit den Schultern. „Ich habe kaum Appetit", erwiderte er leise. Doch in Gedanken war er immer noch bei seinem Albtraum. Der Reiter... seine Worte... Die Seelen gehören mir.

Fast beiläufig fragte er, „Sag mal, Fabrizio, ist der Geschäftsmann zufrieden mit dem Porträt seiner verstorbenen Frau?"

Fabrizio lächelte. „Oh ja! Er war überwältigt. Als er es zum ersten Mal sah, hat er sogar geweint. Er sagte, es wirke so lebendig, als wäre seine Frau wirklich noch da."

Ein kalter Schauer lief Phillipe über den Rücken. Die Worte hallten in ihm nach. So lebendig... als wäre sie wirklich noch da. Etwas in seinem Inneren zog sich zusammen. Er wollte nicht weiter darüber nachdenken.

„Gut." Er stand auf und deutete auf das verpackte Paket neben der Staffelei. „Hier sind die beiden Bilder. Ich werde jetzt weiterarbeiten." Fabrizio musterte ihn noch einen Moment, dann nahm er die Bilder. „Mach das. Aber ruhe dich auch mal aus."

Er verabschiedete sich, und als die Tür ins Schloss fiel, blieb Phillipe noch einen Moment stehen. Sein Blick wanderte zur Staffelei. Die dunklen Farben des neuen Bildes schienen ihn zu beobachten, als hätten sie ein Eigenleben.

Dann seufzte er tief, drehte sich um und kehrte an seine Arbeit zurück.

Phillipe begann wieder zu malen. Der Pinsel lag schwer in seiner Hand, doch sobald die Borsten die Leinwand berührten, schien eine fremde Kraft ihn zu führen. Es war, als ob er nicht mehr selbst malte, sondern als ob der Pinsel von einer unsichtbaren Macht gelenkt wurde, die genau wusste, was auf das Bild gehören sollte. Doch diesmal fühlte es sich anders an.

Die Leichtigkeit, mit der er seine ersten Werke geschaffen hatte, war verschwunden. Seine Bewegungen waren stockend, fast mühsam. Es war, als würde jede Linie, jede Farbschicht ihn einen Teil seiner eigenen Energie kosten. Seine Finger begannen zu zittern, seine Schultern verkrampften sich. Und dennoch konnte er nicht aufhören.

Die Stunden verstrichen. Draußen zog der Himmel sich langsam in tiefere Blautöne, die Dämmerung verschluckte die Konturen der Stadt. Doch Phillipe arbeitete weiter. Er spürte, wie die Anstrengung an ihm zehrte, doch er kämpfte dagegen an. Endlich, mit einem resignierten Seufzen legte er den Pinsel zur Seite und trat einige Schritte zurück, um sein Werk zu betrachten.

Er erstarrte. Das Bild war kaum zu einem Drittel fertig. Phillipe schüttelte fassungslos den Kopf. Früher hätte er in dieser Zeit beinahe ein ganzes Gemäldeerschaffen. Früher hätte er nicht dieses lähmende Gefühl der Erschöpfung gespürt, dass nun an ihm nagte wie eine unsichtbare Krankheit. Da durchbrach plötzlich das schrille Klingeln des Telefons die Stille.

Phillipe zuckte zusammen. Sein Herz raste. Das Geräusch kam ihm seltsam bedrohlich vor, oder lag es nur an seiner zerrütteten Verfassung? Langsam, beinahe zögerlich, ging er zum Apparat und nahm ab.

„Hallo, Großvater!" Antonios Stimme klang fröhlich und unbeschwert. Für einen kurzen Moment war Phillipe erleichtert. „Antonio! Schön, dich zu hören. Wie geht's dir?" „Alles bestens! Und dir?"

Phillipe zögerte. Was sollte er antworten? Dass er sich fühlte, als ob ihm jemand heimlich das Leben aussaugte? Dass er jede Nacht von finsteren Träumen geplagt wurde? „Gut… denke ich", murmelte er schließlich. „Du kommst doch zur Geburtstagsfeier, oder?" fragte Antonio. Seine Stimme war voller Vorfreude.

Phillipe runzelte die Stirn. „Was ist heute für ein Tag?" fragte Phillipe verwirrt. „Freitag, Großvater." Phillipe blinzelte. Freitag? „Ja, und morgen um 19:00 Uhr solltest Du da sein", bestätigte Antonio. Phillipe hatte vollkommen das Zeitgefühl verloren. Die Tage waren ineinander verschwommen, als wäre er in einem Strudel aus Farben, Müdigkeit und diesem ungreifbaren Grauen gefangen, das ihn verfolgte. „Ja… natürlich komme ich, Antonio", sagte er schließlich. „Schön! Wir freuen uns schon auf dich." Phillipe verabschiedete sich und legte langsam den Hörer auf. Für einen Moment stand er einfach nur da. Reglos. Etwas stimmte nicht mit ihm.

Er fühlte sich… leer. Langsam schlurfte er in die Küche, öffnete den Kühlschrank. Ein kalter Hauch strömte ihm entgegen. Das helle Licht der Kühlkammer war grell, beinahe unangenehm für seine müden Augen. Er ließ den Blick über den Inhalt gleiten. Frischer Käse, knackiges Gemüse, saftiges Obst. Alles lag bereit, als ob nur darauf gewartet wurde, von ihm verspeist zu werden. Doch er verspürte keinerlei Appetit.

Er wusste, dass er essen sollte. Sein Körper verlangte nach Energie. Doch sein Magen fühlte sich an wie ein leerer, kalter Raum, verschlossen und abweisend.

Am nächsten Morgen wachte Phillipe nach einem erholsamen Schlaf auf. Die Sonne schien durch die Vorhänge, und die warme Morgensonne schien ihm ein zartes Versprechen von Erholung und Klarheit zu geben. Doch obwohl er sich ausgeruht fühlte, blieb er noch lange im Bett liegen, um sicherzustellen, dass er für den Tag tatsächlich fit war. Er drehte sich von einer Seite zur anderen, versuchte, seine Gedanken zu ordnen und sich von den Schatten der letzten Tage zu befreien. Die Müdigkeit war zwar verschwunden, aber das Gefühl der Erschöpfung, das ihn so oft heimsuchte, hing wie eine unsichtbare Last in der Luft. Schließlich, nach ungeduldigen Minuten des Hin und Her, zog er sich mühsam aus dem Bett und stand auf. Der Raum war noch ruhig, das Haus noch in den frühen Stunden des Tages verfangen. Phillipe ging langsam zur Küche, setzte das Wasser für einen Kaffee auf und atmete den Duft der frisch gemahlenen Bohnen ein. Die Tasse in seiner Hand fühlte sich fast wie ein Trost an, wie eine kleine Beruhigung für seine rastlosen Gedanken. Langsam schlürfte er den ersten Schluck und spürte, wie das Koffein die letzten Reste der Nacht aus seinem Körper trieb.

Mit der Tasse in der Hand ging er in sein Atelier. Als er die Tür öffnete, begrüßte ihn der vertraute Geruch von Farbe und Leinwand, der Raum, in dem seine Gedanken flogen, in dem er sich oft selbst verlor.

Doch als sein Blick auf das Gemälde fiel, das er gestern begonnen hatte, spürte er etwas, das er nicht hatte erklären können, eine gewisse Faszination und gleichzeitig eine lähmende Angst. Der Pinsel lag dort, als ob er nur darauf wartete, dass Phillipe ihn wieder ergriff. Plötzlich überkam ihn ein großes Bedürfnis, weiter zu malen, als ob etwas ihn drängte, das Bild zu vollenden, es zu vervollkommnen. Es war wie ein innerer Ruf, der aus seiner eigenen Seele zu kommen schien. Doch er sträubte sich. Ein Widerstand, tief in ihm verwurzelt, verlangte nach Kontrolle.

„Nicht heute", murmelte er sich selbst zu. „Heute werde ich keinen Pinselstrich setzen."

Es fiel ihm jedoch schwer, diesem inneren Drang zu widerstehen. Die Gedanken an das Gemälde, an das Bild, das immer noch nur zu einem Drittel fertig war, lasteten schwer auf ihm. Aber er zwang sich, das Atelier zu verlassen. Der Drang zu malen verschwand nicht vollständig, aber er spürte, dass er etwas dagegen unternehmen musste, sonst würde er in den Strudel der Besessenheit geraten.

Als er aus dem Atelier trat und den Blick auf das Fenster richtete, bemerkte er, dass das Wetter herrlich war. Die Sonne hatte den Nebel des Morgens durchbrochen, und der Himmel war strahlend blau, ohne auch nur eine Wolke. Die Vögel zwitscherten und der Wind wehte sanft durch die Bäume, war der perfekte Tag, um draußen zu sein, die frische Luft zu atmen und sich von der Sonne wärmen zu lassen. Mit einem Lächeln auf den Lippen und einem leichteren Gefühl im Herzen trat Phillipe aus der Tür. Heute würde er nicht in seinem Atelier arbeiten. Heute würde er die Geburtstagsfeier bei Antonio genießen und einfach den Moment leben. Er fühlte sich zuversichtlich, dass der Tag gut werden würde, dass er sich von der Dunkelheit der letzten Wochen befreien konnte. Doch tief in seinem Inneren wusste er, dass die Schatten, die ihn verfolgten, nicht so einfach verschwinden würden. Und der Pinsel in seinem Atelier, das Gemälde, das immer noch darauf wartete, vollendet zu werden, sie alle würden bald wieder in sein Leben zurückkehren. Aber für heute, dachte er sich, würde er einfach einen Schritt zurücktreten.

Claudia öffnete die Türe und als sie Phillipe sah

begrüßte sie ihn herzlichst mit einer Umarmung.
Phillipe reichte ihr im Gegenzug eine Flasche Wein und
ein kleines Geschenkpaket. Claudia nahm beides
dankend entgegen, bat ihn herein und legte die
Geschenke auf einen kleinen Tisch, auf dem bereits
einige Mitbringsel von den anderen Gästen lagen. Die
Unterhaltung flackerte auf, und Phillipe fühlte sich
plötzlich von der Wärme des Raumes und der
fröhlichen Atmosphäre umhüllt. Während sich die
Gäste locker unterhielten, deckten die Damen den
Tisch mit einer Vielzahl an köstlichen Gerichten, die der
Abend bereithielt. „Nun können wir anfangen zu
essen", rief Claudia in die Runde, und alle nahmen

Platz an dem langen, reich gedeckten Tisch. Nachdem sich alle gesetzt hatten, stand Antonio auf, ergriff das Glas, schaute zu Claudia und sagte mitleiser, aber entschlossener Stimme: „Mein liebes Engelchen, ich liebe dich über alles. Ich wünsche dir alles Gute zum Geburtstag und nur das Beste. Ich werde alles tun, damit du die glücklichste Frau der Welt bist." Alle erhoben ihre Gläser und stießen miteinander an. Der Klang der Gläser, die sich berührten, hallte einen Moment lang im Raum. Dann setzten sich alle wieder und begannen, sich die Gerichte auf die Teller zu fassen. Der Tisch war voll von frischen, leckeren Menüs, die sich die Gäste gegenseitig weiterreichten. Auch Phillipe nahm sich etwas und legte es auf seinen Teller. Alle waren in angeregte Gespräche vertieft, lobten die Köchin und füllten ihre Bäuche mit köstlichem Essen.

Doch niemand bemerkte zunächst, dass Phillipe still vor sich hinstarrte, seinen Teller kaum beachtend. Die Gespräche der anderen schienen für ihn immer weiter in den Hintergrund zu rücken, als hörte er die Worte der Gäste nur noch vage. Es war, als ob er in einer anderen Welt gefangen war.

Antonio war der erste, dem es auffiel, dass etwas mit seinem Großvater nicht stimmte. Er saß neben Phillipe, legte behutsam seine Hand auf dessen Schulter, beugte sich zu ihm und fragte besorgt: „Großvater, ist alles in Ordnung?"

Phillipe drehte langsam seinen Kopf zu Antonio. Seine Augen waren weit geöffnet, doch sie blickten leer und ausdruckslos. Es war, als wollte er etwas sagen, aber kein Ton kam über seine Lippen. Für einen Moment herrschte eine unheimliche Stille. Jetzt fiel auch Claudia auf, dass etwas nicht stimmte. Sie beugte sich ebenfalls vor, und ihre besorgte Stimme erklang. „Antonio, was ist mit Großvater?" In diesem Moment begann Phillipe schwer zu atmen. Er wollte „Antonio" sagen, doch es blieb bei einem Stöhnen. Plötzlich kippte er zur Seite, und Antonio reagierte instinktiv. Mit einem schnellen Griff konnte er verhindern, dass sein Großvater zu Boden fiel. „Hilfe!", rief Antonio verzweifelt. „Ruft schnell den Notarzt, er muss sofort kommen!" Die anderen Gäste sprangen erschrocken auf, und in einem hektischen Durcheinander versuchten sie, Phillipe so gut es ging zu stützen. Antonio und Claudia halfen, ihn behutsam auf die Couch zu legen, wo er nach Luft rang. „Claudia, ruf sofort den Notarzt an! Es ist ernst!", rief Antonio, seine Stimme zitterte vor Angst. Claudia, die mittlerweile in Panik war, griff nach dem Telefon, während die anderen versuchten, ruhig zu bleiben und Phillipe zu stützen.

Die Atmosphäre im Raum hatte sich in einen dichten Schleier aus Besorgnis und Angst gehüllt. Das fröhliche Feiern, das noch vor wenigen Minuten stattgefunden hatte, war zu einer düsteren Stille verkommen. Antonio hielt fest die Hand seines Großvaters, während er auf den Notarzt wartete, seine Gedanken wirbelten, doch er konnte nicht fassen, was gerade passierte.

Der Abend, der mit so viel Freude begonnen hatte, schien nun in einer Schockstarre festzustecken. Es dauerte nur wenige Minuten, bis der Notarzt und die Ambulanz mit heulenden Sirenen vor dem Haus hielten. Blaulicht flackerte durch die Fenster, warf zuckende Schatten an die Wände. Hektische Schritte hallten über den Boden, als die Sanitäter das Wohnzimmer betraten. Der Arzt kniete sich sofort neben Phillipe, prüfte seinen Puls, leuchtete ihm mit einer kleinen Lampe in die Augen. „Wir müssen ihn sofort ins Krankenhaus bringen", entschied er mit ruhiger, aber bestimmter Stimme. Die Anwesenden wichen zurück, während die Sanitäter Phillipe behutsam auf eine Trage hoben. Sein Gesicht war blass, seine Lippen leicht geöffnet, als wollte er etwas sagen, doch kein Laut kam über seine Lippen. Die Stimmung war gedrückt, eine unsichtbare Schwere lag in der Luft. Nach und nach verabschiedeten sich die Gäste, ihre Gesichter gezeichnet von Sorge und Unbehagen. Was als fröhlicher Abend begonnen hatte, war in einer bedrückenden Stille geendet. Nur Claudias engste Freundin und ihr Mann blieben noch, während Antonio, ohne zu zögern in den Krankenwagen stieg, um seinen Großvater zu begleiten.

Das Krankenhaus wirkte noch hektischer als sonst. Das grelle Neonlicht ließ Antonios müde Augen brennen, während er den Sanitätern folgte, die Phillipe durch die Flure rollten. Ärzte und Schwestern eilten an ihm vorbei, das Piepen von Monitoren und das leise Murmeln medizinischer Fachgespräche erfüllten die Luft.

Kaum angekommen, wurde Phillipe von einem Ärzteteam in Empfang genommen und direkt in ein Behandlungszimmer gebracht. Antonio wollte hinterher, doch eine Krankenschwester hielt ihn sanft, aber bestimmt zurück.

„Bitte warten Sie hier. Wir kümmern uns um ihn."

Antonio nickte, doch seine Hände ballten sich unbewusst zu Fäusten. Er konnte nichts tun, außer zu warten. Also ließ er sich auf einen der harten Stühle im Gang fallen, die Hände ineinander verschränkt, die Gedanken wirr. Sein Blick huschte immer wieder zur Tür des Behandlungszimmers. Jede Sekunde zog sich wie Kaugummi in die Länge. "Was ist nur los mit meinem Großvater?" fragte Antonio sich. Der Gedanke kreiste in seinem Kopf wie ein dunkler Schatten. Er wollte sich nicht das Schlimmste ausmalen, doch die Angst ließ sich nicht einfach verdrängen.

Die Minuten verstrichen quälend langsam, doch für Antonio fühlte es sich an wie eine Ewigkeit. Die sterile Krankenhausluft, das monotone Piepen medizinischer Geräte und das leise Murmeln von Ärzten und Krankenschwestern verstärkten seine Unruhe. Er konnte nicht stillsitzen. Rastlos lief er im Gang auf und ab, sein Blick immer wieder zur Tür des Behandlungszimmers gerichtet. Wann würde endlich jemand herauskommen und ihm sagen, was mit seinem Großvater los war? Jedes Mal, wenn eine Tür aufging, zuckte er zusammen, doch es war nie die richtige. Sein Herz pochte heftig in seiner Brust, seine Gedanken rasten. Was, wenn es etwas Ernstes war? Was, wenn er ihn verlieren würde? Nach einer gefühlten Ewigkeit, tatsächlich waren kaum dreißig Minuten vergangen, öffnete sich endlich die Tür des Behandlungszimmers. Ein Arzt trat heraus, das Klemmbrett in der Hand, das Gesicht ernst, aber nicht besorgt. Antonio sprang sofort auf und eilte ihm entgegen.

„Wie geht es ihm? Was ist mit meinem Großvater?", fragte er atemlos. Der Arzt musterte ihn kurz und fragte mit ruhiger Stimme: „Sind Sie ein Verwandter? " „Ja, er ist mein Großvater", erwiderte Antonio hastig, die

Anspannung in seiner Stimme kaum verbergend. Der Arzt nickte verständnisvoll. „Machen Sie sich keine allzu großen Sorgen", sagte er mit sanfter Stimme. „Ich bin Dr. Lombardo. Würden Sie mich bitte in mein Büro begleiten?"

Antonio folgte ihm wortlos, sein Herz schlug noch immer schneller, als es sollte. Sie gingen den Flur entlang, vorbei an weiteren Behandlungsräumen und hektischen Krankenschwestern. Schließlich öffnete der Arzt eine Tür und deutete Antonio, einzutreten. „Nehmen Sie bitte Platz", sagte Dr. Lombardo und deutete auf den Stuhl vor seinem Schreibtisch. Antonio setzte sich langsam, seine Hände krampften sich unbewusst zusammen. Der Arzt ließ sich auf seinem eigenen Stuhl nieder, legte das Klemmbrett auf den Tisch und sah Antonio mit ruhigem, aber bestimmten Blick an. „Also, Herr …?" „Antonio Grasso", ergänzte Antonio schnell.

Dr. Lombardo nickte. „Gut, Herr Grasso, ihr Großvater hatte einen Schwächeanfall. Sein Kreislauf war instabil, wahrscheinlich durch Flüssigkeitsmangel und Stress. Wir haben einige Untersuchungen gemacht, und glücklicherweise konnten wir nichts Ernstes feststellen. Sein Herz schlägt regelmäßig, seine Werte sind stabil. Aber er muss sich dringend schonen und besser auf seinen Körper hören." Antonio atmete tief durch. Die Anspannung, die ihn die ganze Zeit über begleitet

hatte, fiel langsam von ihm ab „Kann ich zu ihm?",
fragte er schließlich. Der Arzt lächelte sanft. „Ja,
natürlich. Er ist wach, aber noch etwas erschöpft.
Geben Sie ihm ein wenig Zeit, und dann kann er
wahrscheinlich schon bald wieder nach Hause, aber
zwei bis drei Tage möchten wir ihn hierbehalten und
sein Zustand überwachen." Antonio nickte dankbar,
stand auf und eilte zur Tür. Er musste seinen
Großvater sehen, und ihm sagen, wie sehr er ihn liebte.
Er nahm sich fest vor, in Zukunft besser auf seinen
Großvater zu achten. Phillipe selbst lag noch etwas
blass, aber wach im Krankenhausbett. Ein schwaches
Lächeln huschte über sein Gesicht, als Antonio sich zu
ihm setzte. „Tut mir leid, Junge, das ich die
Geburtstagsfeier versaut habe." Antonio schüttelte den
Kopf und griff nach der Hand seines Großvaters.
„Schon gut, Großvater. Hauptsache, du wirst wieder
gesund." „Keine sorge mein Junge, so schnell wirst Du
mich nicht los" ermutigte er Antonio.

Antonio setzte sich an das Bett seines Großvaters und
betrachtete ihn aufmerksam. Phillipe wirkte erschöpft,
seine Gesichtszüge waren müde, seine Augen lagen
tief in den Höhlen. Es schmerzte Antonio, ihn so zu
sehen.

„Großvater, ich merke doch, dass du dich seit einiger
Zeit zurückziehst. Es geht dir nicht gut, das sehe ich
doch. Was ist los mit dir? Wo ist dein Humor

geblieben? Was bedrückt dich?" Seine Stimme war sanft, aber voller Sorge. Phillipe seufzte leise und drehte den Kopf leicht zur Seite, als wolle er der Frage ausweichen. Dann blickte er seinen Enkel an, ein müdes Lächeln huschte über sein Gesicht. „Ach, mein Junge … ich weiß es selbst nicht so genau. Vielleicht arbeite ich zu viel. Ich schlafe schlecht und habe in letzter Zeit oft Albträume."

Antonio runzelte die Stirn. „Albträume? Was für Albträume, Großvater?"

Phillipe zögerte einen Moment, dann winkte er ab. „Ach, nur wirres Zeug." Seine Stimme klang unbeteiligt, fast so, als wolle er das Thema nicht vertiefen. In Wahrheit wollte er Antonio nicht mit dem seltsamen Drang belasten, der ihn immer wieder an die Leinwand zog. Und erst recht nicht mit dem unheimlichen Reiter, der ihn in seinen Träumen verfolgte. Er griff nach Antonios Hand und drückte sie sanft. „Antonio, geh nach Hause zu deiner Frau und den Gästen. Ich bin hier gut aufgehoben, mach dir keine Sorgen. Ich brauche einfach nur ein wenig Ruhe … ich bin so müde." Antonio suchte in den Augen seines Großvaters nach mehr, nach einer Antwort, die Phillipe ihm nicht geben wollte. Schließlich nickte er. „Gut, Großvater. Aber ich komme morgen wieder. Brauchst du irgendetwas? Soll ich dir etwas mitbringen?" Phillipe schüttelte kaum merklich den Kopf. „Nein, aber richte Claudia bitte aus, dass es mir leidtut."

Antonio stand auf, beugte sich über ihn und drückte ihm sanft einen Kuss auf die Stirn. „Es gibt nichts, was dir leidtun muss, Großvater. Du bist uns wichtig. Ruh dich aus. Wir sehen uns morgen."

Mit einem letzten, langen Blick auf Phillipe drehte Antonio sich um und verließ das Zimmer. Als die Tür sich leise hinter ihm schloss, sank Phillipe tiefer in die Kissen. Sein Körper war erschöpft, doch sein Geist kam nicht zur Ruhe.

Am nächsten Morgen erwachte Phillipe erfrischt. Die Medikamente, die er erhalten hatte, hatten ihm eine tiefe, ruhige Nacht beschert. Zum ersten Mal seit Langem fühlte er sich nicht völlig erschöpft. Nach dem Frühstück, das ihm ins Krankenzimmer gebracht worden war, beschloss er, sich ein wenig zu bewegen. Mit vorsichtigen Schritten verließ er sein Zimmer und schlenderte langsam den Krankenhausflur entlang. Er genoss die Bewegung, als er plötzlich Dr. Lombardo auf sich zukommen sah. Der Arzt blieb vor ihm stehen, verschränkte die Arme und musterte ihn mit einer Mischung aus Strenge und Fürsorge.

„Herr Duwall, was machen Sie denn hier im Flur? Sie sollten eigentlich noch im Bett bleiben!" sagte er mit einer leicht tadelnden, aber wohlwollenden Stimme. Phillipe lächelte entschuldigend. „Ach, Herr Doktor, ich wollte mir nur ein wenig die Beine vertreten. Nach all der Ruhe brauche ich etwas Bewegung." Dr. Lombardo hob eine Augenbraue, schüttelte dann jedoch schmunzelnd den Kopf. „Nun gut, aber übertreiben Sie es nicht. Ihr Kreislauf muss sich erst stabilisieren. Gehen Sie zurück ins Bett, wir sehen uns später bei der Visite."

Phillipe nickte und machte sich wieder auf den Weg in sein Zimmer. Gerade hatte er sich hingelegt, als sich langsam die Tür öffnete. Ein vertrautes Gesicht lugte vorsichtig herein. „Antonio, komm rein, mein Junge!" rief Phillipe erfreut. Sein Gesicht hellte sich merklich auf. „Wie war die Feier noch?" Antonio trat ein, schloss die Tür hinter sich und setzte sich auf den Stuhl neben dem Bett. „Bis auf Claudias Freundin und ihren Mann sind die anderen ziemlich schnell gegangen. Aber wir haben noch eine Weile zusammengesessen und den Abend ruhig ausklingen lassen. Claudia lässt dich herzlich grüßen." „Das ist lieb von ihr." Phillipe lehnte sich entspannt zurück, doch seine Augen musterten Antonio aufmerksam. Antonio griff nach einer Tasche, die er mitgebracht hatte, und stellte sie auf den Tisch. „Ich habe dir etwas von dem leckeren Essen mitgebracht, damit du hier nicht nur Krankenhauskost essen musst." Er legte das verpackte Essen sorgfältig auf den Tisch. „Außerdem habe ich dir bequeme Kleidung und Waschzeug mitgebracht, damit du dich hier ein bisschen wohler fühlst."

Mit ruhigen Bewegungen öffnete er den Schrank und ordnete die Sachen ordentlich ein. Phillipe beobachtete ihn dankbar. „Du denkst wirklich an alles, mein Junge." Antonio lächelte. „Natürlich. Ich will nur, dass es dir bald wieder besser geht."

„Übrigens," sagte Antonio und lehnte sich leicht vor, „Fabrizio hat angerufen. Er konnte dich nicht erreichen und klang ziemlich dringend. Ich habe ihm erzählt, was passiert ist und wo du bist. Er möchte dich heute besuchen."

Phillipe nickte langsam.

„Fabrizio also... na, dann bin ich gespannt, was ihn so eilig herführt." Antonio zögerte kurz, bevor er weitersprach. „Großvater, ich kann heute nicht lange bleiben. Claudia und ich haben einen kleinen Ausflug geplant. Bist du mir böse, wenn ich nicht länger hier bin?" Phillipe winkte ab und lächelte müde. „Nein, nein, mein Junge. Geh nur, ich bin hier in guten Händen. Grüß Claudia herzlich von mir." „Danke, Großvater. Erhole dich gut, wir sehen uns morgen." Antonio trat an das Bett, beugte sich vor und drückte ihm einen sanften Kuss auf die Stirn. Dann verabschiedete er sich und verließ das Zimmer. Die Visite war längst vorbei, und Phillipe hatte bereits sein Mittagessen beendet, als es an der Tür klopfte. „Herein," rief er mit fester Stimme. Die Tür öffnete sich langsam, und ein vertrautes Gesicht trat ein. „Fabrizio!" begrüßte Phillipe ihn erfreut, doch seine Stimme klang noch etwas erschöpft. Fabrizio musterte ihn mit prüfendem Blick, während er nähertrat. „Sag mal, Phillipe, was machst du denn für Sachen? Ich hatte doch schon beim letzten Mal das Gefühl, dass es dir nicht gut geht." Phillipe winkte ab. „Ach, es geht mir bestens, keine Sorge. Schön, dass du mich besuchst." Fabrizio stellte eine kleine Tüte mit frischem Obst auf den Nachttisch und hielt eine Zeitung in der Hand. „Wie lange musst du hierbleiben?" fragte er und setzte sich auf den Stuhl neben das Bett. „Der Arzt meint, zwei bis drei Tage."

Fabrizio seufzte und lehnte sich zurück. „Dann sieh zu, dass du schnell wieder auf die Beine kommst, Phillipe. Am Freitag habe ich eine Vernissage in der Galerie, und viele kommen nur, um deine neuen Werke zu sehen. Denkst du, du schaffst es, bis dahin noch ein oder zwei Bilder zu malen?" Philippes Blick wurde plötzlich hart. „Nein, das schaffe ich nicht," erwiderte er entschlossen. Fabrizio runzelte die Stirn. „Aber du kommst doch zur Ausstellung? Die meisten Bilder sind von dir, alle wollen dich dort sehen." Phillipe atmete tief durch und nickte schließlich. „Ja, natürlich komme ich."

Fabrizio lächelte erleichtert. „Gut, ohne dich würde etwas fehlen." Phillipe erwiderte sein Lächeln, doch in seinen Augen lag etwas Unausgesprochenes.

Am Dienstagmittag klopfte es sanft an die Tür von Philippes Krankenzimmer. Einen Moment später trat Antonio ein, ein warmes Lächeln auf den Lippen. „Bereit, Großvater?" fragte er sanft.

Phillipe nickte, doch als er sich langsam vom Bett erhob, war die Erschöpfung noch deutlich in seinen Bewegungen zu erkennen. Gemeinsam machten sie sich auf den Weg zum Ausgang, Schritt für Schritt, während Antonio unauffällig eine stützende Hand an den Arm seines Großvaters legte.

„Claudia und ich möchten, dass du ein paar Tage bei uns bleibst, Großvater," sagte Antonio, während sie durch den Flur gingen. „Es ist besser, wenn du im Moment nicht allein bist." Phillipe seufzte leise und schüttelte den Kopf. „Ich will euch doch nicht zur Last fallen…" Nein, Großvater. Claudia und ich bestehen darauf," erwiderte Antonio bestimmt. „Du bist uns wichtig. Und es würde uns beruhigen, wenn wir dich in unserer Nähe hätten."

Für einen Moment sah Phillipe ihn an, als wolle er widersprechen, doch dann schlich sich ein Hauch von Erleichterung in seinen Blick. Tief in seinem Inneren fühlte er sich tatsächlich wohler bei dem Gedanken, nicht allein nach Hause zurückzukehren. Ohne ein weiteres Wort legte er seinen Arm um Antonio und ließ sich ein wenig von ihm stützen. Zuhause angekommen öffnete Claudia lächelnd die Tür und trat ihnen entgegen. „Willkommen, Phillipe! Dein Zimmer ist schon vorbereitet."

Sie führte ihn in das Gästezimmer, das mit frischer Bettwäsche, warmem Licht und einer gemütlichen Decke einladend hergerichtet war. „Mach es dir bequem. Wenn du etwas brauchst, sag einfach Bescheid." Phillipe setzte sich langsam auf das Bett und atmete tief durch. Die Vertrautheit dieses Hauses, die Wärme von Familie um ihn herum, es fühlte sich gut an.

Nach einem Moment hob er den Blick zu Antonio. „Am Freitag hat Fabrizio eine Ausstellung mit meinen Bildern organisiert. Er möchte unbedingt, dass ich dabei bin… würdest du mit mir hingehen?" Antonio legte eine Hand auf seine Schulter und nickte. „Natürlich, Großvater. Claudia und ich kommen mit. Aber jetzt ruh dich erstmal aus, du brauchst Kraft." Phillipe lächelte dankbar und lehnte sich in die weichen Kissen. Endlich konnte er sich entspannen, er war nicht allein. Plötzlich fingen seine Gedanken an über den Pinsel und sein Atelier zu kreisen. Doch verwarf er diese Gedanken und nahm sich vor erst wieder nach

der Ausstellung nach Hause zu gehen und nicht daran
zu denken.

In den beiden großen Ausstellungssälen standen vereinzelt edle Samtsofas, auf denen sich die Gäste niederlassen konnten, um die Kunst in Ruhe auf sich wirken zu lassen. Die Luft war erfüllt vom dezenten Duft polierten Holzes und frischem Leinöl, gemischt mit einer Note von Champagner, der bereits in hohen Gläsern serviert wurde. In den kleineren Räumen waren fein ausgeleuchtete Skulpturen auf Podesten arrangiert, während kunstvoll gestaltete Gemälde in prächtigen Rahmen an den Wänden hingen.

Phillipe stand mit Fabrizio beisammen, während sie die letzten Details der Ausstellung besprachen. „Es ist unglaublich, wie viele Menschen sich für deine Werke interessieren, Phillipe," sagte Fabrizio voller Begeisterung. „Du musst unbedingt weitermalen. Diese Bilder... sie sind anders als alles, was du je geschaffen hast. Die Leute lieben sie!" Phillipe lächelte schwach, doch in seinen Augen lag eine Spur von Unruhe. „Ich weiß nicht, Fabrizio... Malen war immer meine Leidenschaft, aber in letzter Zeit fehlt mir die Kraft. Und diese Bilder... sie sind anders, ja. Doch ich bin mir nicht sicher, ob ich sie wirklich weiter erschaffen sollte."

Fabrizio wollte gerade ansetzen, etwas zu erwidern, doch in diesem Moment begann die Galerie, sich mit Besuchern zu füllen. Edle Damen in seidenen Abendkleidern und Herren in maßgeschneiderten

Anzügen schlenderten mit leichten Gesprächen durch die Säle. Das Klingen von Gläsern und das gedämpfte Murmeln der Bewunderung erfüllte den Raum, während das warme Licht die Kunstwerke in einem beinahe magischen Glanz erscheinen ließ. Phillipe erkannte einige bekannte Gesichter unter den Gästen und begrüßte sie herzlich. Mit Höflichkeit und Zurückhaltung nahm er ihre Komplimente entgegen, beantwortete Fragen und erzählte Anekdoten über die Entstehung der Werke. Doch mit jeder Minute, die verstrich, wuchs eine seltsame Schwere in ihm. Ein feiner Schweißfilm legte sich auf seine Stirn, während sein Herz unruhig pochte. Er versuchte, sich auf das Gespräch mit einem Kunstsammler zu konzentrieren, doch die Stimmen um ihn herum begannen zu verschwimmen. Die Luft, die eben noch frisch und klar gewesen war, fühlte sich plötzlich schwer an, als würde sie sich verdichten. Sein Blick glitt über den Raum, und dann blieb er an zwei bestimmten Gemälden hängen, jenen, die er mit dem mysteriösen Pinsel gemalt hatte.

Phillipe betrachtete gerade ein anderes Gemälde als eine tiefe, wohlklingende Stimme ihn aus seinen Gedanken riss. „Monsieur Duwall, dieses Werk hier… es hat etwas ganz Besonderes."

Er drehte sich um und erkannte sofort den älteren Herrn, der vor dem Gemälde stand. Es war Adriano Morelli, ein ehemaliger Politiker, der für seinen feinen

Kunstgeschmack und seine Leidenschaft für exklusive Sammlerstücke bekannt war. Sein maßgeschneiderter dunkelgrauer Anzug saß tadellos, eine goldene Taschenuhr blitzte an seiner Weste auf, und in seinen klugen, dunklen Augen lag ein Ausdruck ehrlicher Bewunderung.

„Herr Morelli," sagte Phillipe höflich und trat näher. „Es freut mich, dass Sie sich für dieses Werk interessieren." Morelli nickte, sein Blick blieb auf dem Bild haften, jenem ersten Gemälde, das Phillipe mit dem mysteriösen Pinsel gemalt hatte. Die Farben schienen im Licht der Galerie fast zu pulsieren, als würde das Bild atmen. „Es ist faszinierend," sagte Morelli leise. „Je länger ich es betrachte, desto mehr scheint es mich in sich hineinzuziehen. Es ist nicht nur die Technik oder die Farbgebung, es ist, als hätte das Bild… eine Seele."

Phillipe schluckte unmerklich. Er wusste genau, wovon Morelli sprach. Auch er hatte diese unheimliche Tiefe in seinen eigenen Werken gespürt, doch er war sich nicht sicher, ob er sie als etwas Gutes betrachten sollte.

Er räusperte sich und sagte höflich: „Herr Morelli, ich bin nur der Schöpfer. Wenn Sie das Bild erwerben möchten, müssen Sie mit Fabrizio sprechen. Er ist für den Verkauf zuständig."

Mit einer knappen Geste winkte er Fabrizio heran, der sich nur wenige Schritte entfernt mit anderen Gästen unterhielt. Fabrizio, stets wachsam, erkannte sofort die Gelegenheit und trat eilig hinzu.

„Guten Abend, Herr Morelli!" begrüßte er ihn mit einem gewinnenden Lächeln. „Ich freue mich sehr, Sie heute hier zu sehen."

„Guten Abend, Fabrizio," erwiderte Morelli mit einem höflichen Nicken. „Ich möchte dieses Gemälde erwerben. Es hat etwas, das mich nicht mehr loslässt." Fabrizios Augen leuchteten auf. Sein Geschäftssinn erwachte. „Ja, ich verstehe Sie vollkommen, Herr Morelli. Phillipe hat hier ein wahres Meisterwerk geschaffen. Die Tiefe, die Emotionen, die dieses Bild vermittelt... es ist, als ob es direkt mit dem Betrachter spricht. Ein einzigartiges Kunstwerk!"

Während sie sprachen, zog sich Phillipe langsam zurück. Er wollte nicht Teil der Verhandlungen sein, es widerstrebte ihm, ein Werk zu verkaufen, das ihm selbst so rätselhaft erschien.

Morelli schien das Bild mit jeder Sekunde mehr zu begehren. „Wissen Sie, Fabrizio, es ist selten, dass mich ein Gemälde derart anspricht. Es ruft in mir Erinnerungen hervor... nicht nur Bilder, sondern Gefühle, fast so, als hätte ich einen Moment aus meiner eigenen Vergangenheit auf dieser Leinwand wiederentdeckt."

Fabrizio lächelte geschäftstüchtig. „Das ist genau das, was wahre Kunst ausmacht, nicht wahr? Sie weckt etwas in uns, das tief verborgen liegt. Ich bin mir sicher, dass dieses Werk in Ihrer Sammlung einen Ehrenplatz verdient."

Nach einer kurzen Verhandlung einigten sie sich. Morelli wurde der neue Besitzer des Bildes. Während er den Kauf abschloss, warf Phillipe einen letzten Blick auf sein Werk, ein ungutes Gefühl beschlich ihn.

Irgendetwas daran fühlte sich… falsch an.

Der Abend verlief erfolgreicher, als Phillipe es je erwartet hätte. Mehrere seiner Werke fanden neue Besitzer, doch zwei Gemälde stachen besonders heraus, jene, die er mit dem mysteriösen Pinsel geschaffen hatte. Während das erste bereits in die Hände von Adriano Morelli übergegangen war, wurde das zweite Bild an diesem Abend zum teuersten Werk der gesamten Ausstellung. Der Käufer war Enzo Valentini, ein wohlhabender Geschäftsmann, bekannt für seine exquisite Kunstsammlung und sein untrügliches Gespür für wertvolle Stücke.

Valentini, ein Mann mittleren Alters mit scharf geschnittenen Gesichtszügen und perfekt sitzendem

Maßanzug, betrachtete das Gemälde lange, bevor er den Kauf besiegelte. „Dieses Werk hat eine Präsenz... eine Intensität, die ich noch nie gesehen habe," murmelte er fasziniert, während er mit den Fingerspitzen über den vergoldeten Rahmen fuhr. „Es scheint lebendig zu sein." Beide Käufer dieser Bilder hatten keine Ahnung, dass sie mit dem Erwerb dieser Kunstwerke ihr eigenes Ende eingeleitet haben.

Phillipe nickte höflich, doch innerlich zog sich etwas in ihm zusammen. Jedes Mal, wenn jemand von diesen Bildern sprach, klang es, als wären sie mehr als nur Farbe auf Leinwand. Es war, als hätten sie tatsächlich eine Seele.

Die Stunden vergingen, die Gespräche wurden lebhafter, das Klirren von Sektgläsern erfüllte die Luft. Doch Phillipe spürte, wie seine Kräfte nachließen. Eine bleierne Müdigkeit kroch durch seine Glieder, und ein dumpfes Pochen begann in seinem Kopf. Er versuchte, sich nichts anmerken zu lassen, lächelte weiterhin, nickte höflich, doch seine Sicht verschwamm leicht, und seine Beine fühlten sich zunehmend schwer an.

Er sah zu Antonio, der gerade mit Claudia sprach, und trat langsam an ihn heran. „Antonio... ich denke, es ist Zeit für mich zu gehen." Seine Stimme war leise, fast ein wenig brüchig.

Antonio musterte seinen Großvater genau. Auch wenn Phillipe versuchte, sich aufrecht zu halten, sah Antonio die feinen Zeichen der Erschöpfung, die Blässe auf seinen Wangen, die feinen Schweißperlen an seiner Stirn. „Großvater, geht es dir gut?" fragte er besorgt.

Phillipe zwang sich zu einem Lächeln. „Es war ein langer Abend, mein Junge. Ich bin einfach müde."

Antonio zögerte einen Moment, dann nickte er verständnisvoll. „Natürlich, lass uns gehen."

Gemeinsam verabschiedeten sie sich von Fabrizio. Phillipe ergriff die Hand seines alten Freundes und drückte sie leicht. „Danke für diesen Abend, Fabrizio. Es war ein großer Erfolg... für uns beide."

Fabrizio grinste und klopfte ihm auf die Schulter. „Phillipe, du bist ein Meister. Deine Kunst spricht für sich. Ruh dich aus, aber vergiss nicht, die Welt braucht noch mehr von deinen Bildern."

Phillipe erwiderte das Lächeln, doch tief in seinem Inneren fühlte er eine unerklärliche Schwere. Mit jedem Bild, das verkauft wurde, schien er ein Stück von sich selbst zu verlieren.

Während er mit Antonio durch die Tür trat und die kühle Nachtluft ihn umhüllte, atmete er tief durch. Doch anstatt Erleichterung zu verspüren, blieb dieses unbehagliche Gefühl. Ein Schatten in seinem Inneren, der mit jedem verkauften Gemälde wuchs.

Sie gingen langsam zum Auto, während die Lichter der Galerie hinter ihnen in der Nacht verblassten. Antonio öffnete die Tür für seinen Großvater und half ihm behutsam einzusteigen. Phillipe ließ sich auf den Sitz sinken, schloss für einen Moment die Augen und atmete tief durch. Die Müdigkeit lastete schwer auf ihm, als hätte der Abend ihm mehr Energie geraubt, als er erwartet hatte.

Während Antonio das Auto durch die stillen Straßen lenkte, war es eine Weile lang ruhig. Das entfernte Summen der Stadt, das rhythmische Blinken der Ampeln, all das wirkte beinahe beruhigend. Doch Antonio warf immer wieder besorgte Blicke zu seinem Großvater.

„Großvater… bist du sicher, dass alles in Ordnung ist?" fragte er schließlich mit sanfter Stimme.

Phillipe öffnete träge die Augen, drehte den Kopf leicht zu Antonio und lächelte schwach. „Ja, mein Junge… ich bin nur müde. Es war ein langer Abend."

Seine Stimme klang brüchig, fast tonlos. Antonio erkannte, dass sein Großvater sich nichts anmerken lassen wollte, doch die Erschöpfung stand ihm ins Gesicht geschrieben.

Als sie schließlich zu Hause ankamen, half Antonio Phillipe aus dem Auto. Die Nacht war kühl, ein leichter Wind trug den Duft von feuchter Erde und fernen Kaminfeuern mit sich. Phillipe zog den Mantel enger um sich und stieg die wenigen Stufen zur Haustür hinauf. Claudia fragte „Großvater brauchst du etwas?" „Danke Liebes, ich will mich nur hinlegen" sagte Phillipe.

„Wie war der Abend für Dich Großvater?" fragte sie leise, während sie Phillipe musterte.

„Erfolgreich… sehr erfolgreich," erwiderte Phillipe sanft. „Aber jetzt möchte ich nur noch schlafen."

Antonio legte ihm eine Hand auf die Schulter.

„Natürlich, Großvater. Ruh dich aus. Morgen reden wir in Ruhe, ja?"

Phillipe nickte langsam. „Ja… morgen." Seine Stimme klang seltsam fern, als würde ein Teil von ihm bereits in eine andere Welt abgleiten.

Dann zog er sich in sein Zimmer zurück. Doch noch bevor er die Tür schloss, blieb er kurz stehen und sah zurück. Ein seltsames Gefühl regte sich in ihm, eine Ahnung, dass diese Nacht anders war als alle anderen zuvor.

Antonio beobachtete ihn nachdenklich. Irgendetwas lag in der Luft, eine Unsicherheit, die er nicht in Worte fassen konnte.

Phillipe saß ruhig auf dem Beifahrersitz und blickte aus dem Fenster. Sein Herz schlug ein wenig schneller, als die vertrauten Straßen an ihm vorbeizogen. Es war ein Gefühl von Heimkehr, und doch mischte sich eine unerklärliche Schwere darunter. Er wollte sich nichts anmerken lassen, wollte Antonio nicht beunruhigen. Also zwang er sich zu einem Lächeln und bemühte sich, stark zu wirken. Als sie in die lange Einfahrt der Villa einbogen, betrachtete Phillipe sein zuhause mit stiller Erleichterung. Die steinernen Mauern, die hohen Fenster, die kunstvoll verzierten Türen, all das war ihm so vertraut wie ein altes Gemälde, in dem jeder Pinselstrich eine Geschichte erzählte.

Antonio parkte den Wagen, sprang aus dem Auto und eilte um den Wagen herum, um seinem Großvater die Tür zu öffnen. Phillipe nahm die helfende Hand mit einem dankbaren Nicken an und stieg langsam aus.

Kaum hatte er die Schwelle des Hauses übertreten, atmete er tief durch. Hier gehörte er hin. Der Duft von altem Holz, Büchern und einer Spur von Ölfarbe hing in der Luft, eine Mischung, die ihn sein ganzes Leben begleitet hatte.

Antonio beobachtete ihn aufmerksam. „Großvater, brauchst du irgendetwas? Soll ich noch etwas für dich besorgen?" Phillipe winkte ab und setzte ein beruhigendes Lächeln auf. „Nein, mein Junge. Ich habe alles, was ich brauche. Es tut gut, wieder zu Hause zu sein." Antonio zögerte einen Moment. „Bist du sicher, dass ich dich allein lassen kann? Vielleicht sollte ich noch ein bisschen bleiben..." Phillipe legte ihm die Hand auf die Schulter und sah ihm fest in die Augen. „Ja, ja, mach dir keine Sorgen. Ich fühle mich gut. Und wenn irgendetwas sein sollte, verspreche ich dir, dass ich dich sofort rufe." Antonio sah ihn prüfend an, dann nickte er schließlich. „Gut. Aber du weißt, dass ich jederzeit herkommen kann. Also ruf mich an, ja?" Phillipe lachte leise. „Ich verspreche es."

Antonio zog seinen Großvater in eine feste Umarmung. Es war eine dieser stillen Gesten, die mehr sagten als Worte. Dann verabschiedete er sich und verließ das Haus.

Phillipe blieb noch einen Moment in der Eingangshalle stehen. Die Stille der Villa umhüllte ihn wie eine alte Decke. Doch irgendetwas fühlte sich... anders an. Ein Hauch von Unruhe, der sich nicht abschütteln ließ.

Langsam ging er weiter, seine Finger strichen über das alte Holz des Geländers. Er war wieder zu Hause. Doch warum hatte er das Gefühl, dass ihm diese Rückkehr nicht nur Ruhe, sondern auch Antworten bringen würde?

Phillipe ging in die Küche, öffnete eine Flasche seines besten Rotweins und schenkte sich langsam ein Glas ein. Der tiefe Rubinfarbton des Weins schimmerte im Licht, während er das Glas kurz schwenkte und daran roch. Heute war ein schöner Tag, die Sonne strahlte, die Luft war angenehm mild, und ein leichter Wind trug den Duft von Blüten und Gras ins Haus.

Mit dem Weinglas in der Hand schlenderte er durch den Flur, doch anstatt direkt in den Garten zu gehen, hielten ihn seine Schritte unbewusst an einer Tür auf. Die Tür zu seinem Atelier.

Zögernd stand er da, die Hand bereits auf der Klinke. Eine seltsame, kaum greifbare Anziehungskraft ging von diesem Raum aus. Schließlich drückte er die Tür auf und trat ein.

Und da war es wieder.

Kaum hatte er den Raum betreten, brachen die Erinnerungen über ihn herein, die wirren, düsteren Träume von diesem unheimlichen Reiter. Er konnte das Stampfen der Hufe beinahe hören, das unheilvolle Grollen in der Ferne spüren. Seine Nackenhaare stellten sich auf, als hätte ihn eine unsichtbare Macht erfasst.

Sein Blick fiel auf den Tisch.

Dort lag er. Der Pinsel.

Das verdammte Werkzeug, das ihn schon so viele Nächte um den Schlaf gebracht hatte. Es war, als rief es ihn, als flüsterte es in einer Sprache, die nicht von dieser Welt war. Malen. Es wollte, dass er malte. Jetzt. Phillipe sog scharf die Luft ein und schloss für einen Moment die Augen. Nein. Er musste seine ganze Kraft aufbringen, um dem Sog zu widerstehen. Nicht heute. Nicht jetzt. Hastig trat er aus dem Atelier, schlug die Tür hinter sich zu und atmete tief durch. Nur weg von hier. Er ging hinaus in den Garten. Dort, an seinem Lieblingsplatz, zwischen den blühenden Sträuchern und duftenden Blumen, ließ er sich auf die alte Holzbank sinken. Die Sonne wärmte sein Gesicht, und für einen Moment fühlte er sich sicher. Hier draußen war der Pinsel nur ein Pinsel. Er nahm einen tiefen Schluck Wein, ließ das Aroma auf der Zunge zergehen und schloss die Augen. Er versuchte, den Drang zu malen zu verdrängen, sich in der Schönheit dieses Moments zu verlieren. Lange saß er nur so da. Sein Glas war fast leer, als plötzlich das schrille Klingeln seines Handys die friedliche Stille durchbrach. Fabrizio.

Phillipe seufzte und nahm das Gespräch an.

„Hallo Phillipe, bist du schon zu Hause?" Fabrizios Stimme klang aufgeregt. „Ja, ich bin hier. Du kannst gerne vorbeikommen. Ich sitze im Garten." „Gut, ich bin schon unterwegs und gleich bei dir."

Phillipe legte auf und sah versonnen auf sein fast leeres Glas. Ein unruhiges Gefühl machte sich in ihm breit. War es die Erinnerung an das Atelier, oder hatte Fabrizios Anruf eine neue Unruhe in ihm geweckt?

Fabrizio fuhr langsam in den Hof, stellte seinen Wagen ab und betrat den Garten. Die Sonne neigte sich bereits dem Horizont, tauchte den Himmel in warme Orangetöne, während ein leichter Wind durch die Bäume strich. Phillipe saß entspannt auf seiner Bank, dass fast geleerte Weinglas in der Hand, und blickte versonnen in die Ferne.

„Grüß dich, Phillipe!" rief Fabrizio, während er auf ihn zuging. „Ich habe dir eine Flasche deines Lieblingsweins mitgebracht."

Phillipe schmunzelte, hob sein Glas leicht an und sagte, „Ich habe mir gerade erst eines eingeschenkt. Möchtest du auch ein Glas?"

„Ja, gerne! Aber bleib sitzen, ich hole mir schnell eins aus der Küche." erwiderte Fabrizio gut gelaunt.

„Und bring gleich die geöffnete Flasche mit." rief ihm Phillipe noch hinterher.

Wenige Minuten später kehrte Fabrizio zurück, ließ sich neben Phillipe auf die Bank sinken und schenkte ihnen beiden großzügig nach. Für einen Moment genossen sie schweigend den samtigen Geschmack des Weins, während sich die Schatten des Abends über den Garten legten. Phillipe drehte sein Glas nachdenklich zwischen den Fingern und fragte dann, „Na, Fabrizio? Wie war der gestrige Abend noch?"

Fabrizio lehnte sich zufrieden zurück, ein breites Lächeln auf den Lippen. „Es war die erfolgreichste Vernissage, die ich je hatte. Sieben deiner Bilder wurden verkauft, und die beiden letzten habe ich zu Spitzenpreisen abgegeben. Die Leute waren besessen von deinen Werken."

Phillipe nickte anerkennend, nahm einen weiteren Schluck und meinte mit einem zufriedenen Lächeln. „Schön, dann sind wir beide ein wenig reicher geworden, mein Freund."

Doch plötzlich veränderte sich Fabrizios Miene. Er wurde ernster, beinahe zögerlich, als er fortfuhr, „Übrigens, Phillipe… der Geschäftsmann aus Mailand… der, dessen Frau du porträtiert hast…"

Phillipe hob die Augenbrauen. „Ja? Was ist mit ihm?"

Fabrizio seufzte, holte tief Luft. „Er ist tot."

Phillipe erstarrte. „Was?"

„Er wurde gestern von einem außer Kontrolle geratenen LKW erfasst. Es ging alles sehr schnell. Keine Überlebenschance."

„Bist du sicher, dass er es ist?" fragte Phillipe, seine Stimme war kaum mehr als ein Flüstern. Fabrizio nickte ernst. „Ja, sieh selbst."

Er zog eine gefaltete Zeitung aus seiner Jacke und reichte sie Phillipe. Dessen Hände zitterten leicht, als er das Papier entgegennahm und den kurzen Artikel überflog. Dann fühlte er es.

Ein eiskalter Schauer kroch seinen Rücken hinauf, ließ seine Haut prickeln, als hätte jemand mit eisigen Fingern über seinen Nacken gestrichen. Sein Herz begann schneller zu schlagen. Er hörte ein Rauschen in seinen Ohren, als ob etwas Unheilvolles aus der Ferne zu ihm sprach.

Und plötzlich hallten Worte in seinem Kopf wider – Worte, die er nur in einem Alptraum gehört hatte.

„Du hast sie mit meinem Pinsel gemalt… und jetzt gehören beide Seelen mir."

Phillipe ließ die Zeitung langsam sinken. Sein Blick war leer, sein Gesicht kreidebleich. Der Abend war warm, doch in ihm breitete sich eine klirrende Kälte aus.

Was, wenn es kein Zufall war?

Was, wenn der Pinsel... wirklich etwas Dunkles in sich barg?

Er hatte immer gedacht, es seien nur Albträume gewesen. Doch jetzt... fühlte es sich erschreckend real an.

Fabrizio beobachtete seinen Freund aufmerksam. Er hatte bemerkt, wie sich Philippes Gesichtsausdruck verändert hatte, wie das Blut aus seinem Gesicht gewichen war, seine Schultern sich verkrampft hatten, als wäre eine unsichtbare Last auf ihn gefallen.

„Phillipe..." sagte er schließlich leise, fast zögernd. „Was ist los? Du siehst aus, als hättest du einen Geist gesehen. Du tust gerade so, als wärst du für den Tod dieses Mannes verantwortlich." Seine Stimme war sanft, aber voller Sorge. Phillipe antwortete nicht sofort. Sein Blick war auf den Boden gerichtet, seine Finger umklammerten das Weinglas, als könne es ihm Halt geben. Er spürte, wie sich seine Gedanken wie dunkle Wellen gegen seine Vernunft stemmten. In ihm tobte ein Sturm aus Zweifeln, Angst und einem Gefühl, das er nicht benennen konnte. Schließlich murmelte er, fast unhörbar, „Ich weiß es nicht, Fabrizio... Ich weiß nur, dass es sich... falsch anfühlt." „Was meinst du damit?" hakte Fabrizio nach, jetzt ernsthaft beunruhigt. Phillipe hob langsam den Kopf. Sein Blick war leer, als sähe er durch Fabrizio hindurch in eine Welt, die nur er betreten konnte. „Seit ich diesen Pinsel benutze… seit ich diese Bilder male… passieren Dinge. Seltsame Dinge. Träume, die zu real sind. Und jetzt… dieser Unfall…" Seine Stimme brach für einen Moment. Er atmete tief durch, als wolle er sich selbst zur Ordnung rufen. Dann zwang er sich zu einem dünnen Lächeln. „Aber vermutlich… ist es nur Einbildung. Wahrscheinlich ist es einfach ein schrecklicher Zufall." Fabrizio legte ihm die Hand auf die Schulter. „Phillipe, du darfst dich nicht in so etwas hineinsteigern. Es war ein tragischer Unfall, ja. Aber du bist nicht verantwortlich dafür. Du hast ein Porträt gemalt, das ist alles, mehr nicht." Phillipe nickte, doch in seinem Innersten glaubte er kein Wort davon.

Er wusste, dass etwas an diesen Bildern anders war. Dass dieser Pinsel… mehr war als nur ein Werkzeug. Und tief in seinem Innersten begann sich ein düsterer Verdacht zu formen. Ein Gefühl, dass dies erst der Anfang war. „Nimm es nicht so schwer, Phillipe", sagte Fabrizio aufmunternd und legte ihm beruhigend die Hand auf die Schulter. „Lass uns den Blick nach vorn richten. Die Kunden stehen Schlange, Phillipe, sie wollen mehr von dir sehen! Was wirst du als Nächstes malen?" Phillipe zwang sich zu einem Lächeln. Er wollte Fabrizio nicht beunruhigen, und schon gar nicht in diese dunklen Gedanken hineinzuziehen, die ihn seit Tagen quälten. „Ja, Fabrizio…", erwiderte er ruhig. „Morgen werde ich versuchen, ein neues Bild zu beginnen. Aber heute… heute brauche ich noch etwas Ruhe." Fabrizio war mit dieser Antwort zufrieden, wenn auch nicht ganz überzeugt. Er nickte und erhob sich. „Gut, ruh dich aus, mein Freund. Und wenn du morgen so weit bist, dann lass dich von deiner Kunst leiten." Er verabschiedete sich herzlich und ließ Phillipe wieder allein zurück.

Phillipe blieb noch lange auf der Gartenbank sitzen, den Blick verloren im Zwielicht der einbrechenden Dämmerung. Die Schatten wurden länger, die Luft kühler, und die Welt wurde leiser. Eine seltsame Beklemmung legte sich über ihn, schwer wie ein Schleier aus dunkler Vorahnung. Schließlich ging er hinein, bereit, den Tag zu beenden. In der Küche bereitete er sich ein kleines Abendessen zu, doch der Appetit fehlte. Jeder Bissen schmeckte fahl. Schweigend zog er sich um, seine Bewegungen waren träge und schwer. Er legte sich ins Bett, schloss die Augen und hoffte auf einen erholsamen Schlaf. Doch kaum war er weggedriftet, begann erneut jener Albtraum, der ihn seit einiger Zeit heimsuchte. Er war wieder dort.

Allein. Auf dem düsteren Hügel. Die Staffelei stand vor ihm wie ein Mahnmal, aufgespannt, bereit. Der Himmel spannte sich bedrohlich über ihn, tiefschwarz, durchzogen von dunklen, zerrissenen Wolken, deren silbrige Ränder im Mondlicht unheilvoll schimmerten. Es war Vollmond, doch der Glanz wirkte kalt und künstlich, wie das Licht eines toten Sterns. Dann hörte er es. Das Hufgetrappel, dumpf, langsam näherkommend.

Wie erstarrt drehte sich Phillipe zur Seite, und da war er wieder, der Reiter!

In schwarzem Umhang und die Kapuze über dem Kopf, das Gesicht verborgen unter einer schattenhafter Kaputze. Er kam auf seinem dunklen Ross näher, jeder Schritt ein Donnerschlag in der Stille.

Der Reiter hielt an. Direkt vor Phillipe.

Stumm hob er seine Hand, langsam, bedrohlich und zeigte mit ausgestrecktem Finger auf ihn.

Dann sprach er.

Seine Stimme war rau und hohl wie aus einer anderen Welt, vibrierend vor Macht und Unheil.

„Es ist so weit… Morgen wirst du beginnen, mich zu malen."

Der Reiter senkte die Hand, drehte sein Pferd ohne ein weiteres Wort und ritt zurück in die Finsternis, aus der er gekommen war.

Phillipe blieb zurück zitternd, schweißgebadet.

Gefangen im Schweigen der Nacht und im Wissen, dass etwas Unerklärliches in seinem Leben begonnen hatte.

Am nächsten Morgen wachte Phillipe schlagartig auf, Schweiß gebadet an seinem Körper, sein Herz schlug wild gegen seine Brust. Die Bilder des Traums waren noch so klar, als hätte er sie gerade eben erst erlebt. Sein Atem ging flach, seine Augen irrten durch das halbdunkle Schlafzimmer, als erwarteten sie, dass der Reiter gleich aus der Ecke treten würde.

Langsam setzte er sich auf. Seine Hände zitterten, als er sich über das Gesicht strich. Der Traum hatte sich in seine Gedanken eingebrannt, tiefer als es jeder normale Albtraum je könnte.

„Morgen wirst du beginnen, mich zu malen…"

Die Worte hallten in ihm nach. Es war nicht einfach ein Traum gewesen. Er hatte zu real gewirkt, zu gezielt, zu eindringlich. Und er wusste, er konnte diesem Ruf nicht ewig entkommen.

Trotz der Erschöpfung raffte sich Phillipe auf. Er zog sich langsam an, ging in die Küche und machte sich einen starken Kaffee, in der Hoffnung, etwas Normalität zu finden. Doch selbst der Duft konnte das bleierne Gefühl in seiner Brust nicht vertreiben.

Draußen schien die Sonne. Der Garten lag friedlich da, kein Schatten, kein Unheil. Und doch fühlte sich alles falsch an. Zu ruhig. Zu... abwartend.

Er nahm seine Tasse, trat hinaus auf die Terrasse und blickte in die Ferne. Die Vögel sangen, die Welt war hell, aber in ihm war es dunkel.

Er wusste, was heute geschehen würde.

Er würde ins Atelier gehen.

Er würde den Pinsel in die Hand nehmen.

Und er würde anfangen zu malen.

Nicht, weil er es wollte.

Sondern weil er es musste.

Wenig später stand Phillipe im Atelier.

Die Tür war hinter ihm ins Schloss gefallen, das Licht war gedämpft. Die Farben standen bereit. Die Leinwand war gespannt. Und der Pinsel lag da, genau dort, wo er ihn zuletzt abgelegt hatte.

Zögerlich trat er näher. Für einen Moment starrte er das Werkzeug an, als würde es ihn beobachten. Dann griff er danach, seine Finger umschlossen ihn, und ein kaum merkliches Vibrieren durchzuckte seine Hand und er begann zu malen.

Zuerst nur mit dunklem Blau, ein weiter, nächtlicher Himmel über einer leeren, kahlen Landschaft. Doch etwas stimmte nicht. Der Horizont wirkte zu ruhig. Zu tot.

Er setzte schwarze Akzente. Finstere Wolken, schwere Formen. Der Pinsel glitt fast von allein. Und doch, der Himmel sah... falsch aus.

Er übermalte ihn. Wieder und wieder.

Ein rötlicher Schimmer am Rand, nein, zu warm.

Ein fahles Grau, das sich ins Blau schob, zu schwach.

Dann lila, dann aschfarben, dann tiefstes Schwarz, zu dramatisch, zu stumpf, zu lebendig.

Phillipe fluchte leise.

Schweiß stand ihm auf der Stirn. Sein Puls raste.

Warum gelang es ihm nicht?

Doch dann, mit einem Mal, schien sich der Pinsel selbst zu führen. Wie von fremder Hand gelenkt formten sich Wolkenformationen auf der Leinwand, gewaltig, brodelnd, als ob sie jeden Moment vom Himmel herabstürzen könnten.

Der Himmel bekam eine Tiefe, die nicht von dieser Welt war.

Und in einem Moment der Klarheit begriff Phillipe,Er hatte den Himmel nicht gemalt,Er hatte ihn heraufbeschworen.

Phillipe starrte auf die Leinwand. Der Himmel, der dort entstanden war, flackerte wie eine Vision in seinem Kopf weiter. Es war nicht nur ein Bild, es warein Portal. Eine Einladung. Oder schlimmer, ein Befehl.

„Nein", flüsterte er, „Ich werde dich nicht malen."

Er trat zurück, legte den Pinsel mit zitternder Hand auf den Tisch.

Der Raum war still, doch die Stille war geladen, als hielte alles den Atem an.

Er wandte sich ab, Musste raus, frische Luft, Klarheit.

Doch seine Füße gehorchten nicht.

Sie blieben stehen wie angewurzelt.

Ein dunkles Ziehen durchfuhr seinen Arm.

Der Pinsel, er lag da, doch es war, als würde er ihn rufen. Nicht mit Worten, sondern mit einem Druck tief in seinem Innersten. Ein Verlangen, ein Hunger.

Phillipe keuchte auf. Sein Herz pochte gegen die Rippen wie eine gefangene Kreatur.

„Ich bin nicht dein Werkzeug", flüsterte er.

„Du bist nur ein Pinsel. Nur... ein Pinsel."

Und doch wusste er, dass das nicht mehr stimmte.

Nicht seit jenem Tag, als er das erste Bild mit ihm malte.

Nicht seit dem ersten Traum.

Nicht, seit der erste Tod geschah.

Er presste die Augen zusammen, atmete tief durch und schob die Leinwand zur Seite, packte den Pinsel in eine Schublade, schlug sie zu und schloss sie ab.

Aber selbst das half nicht, denn in seinem Kopf formte sich das Bild längst weiter.

Der Himmel drehte sich, die Wolken lebten.

Und etwas Ritt durch die Dunkelheit, langsamer als der Wind, schwerer als ein Alptraum.

Phillipe stützte sich an der Wand ab, sein ganzer Körper bebte. „Ich werde dich nicht malen." Aber er wusste, es war nur eine Frage der Zeit.

Adriano Morreli war stolz auf sein neu

erworbenes Gemälde von Phillipe, jenes erste, geheimnisvolle Bild, das mit dem besonderen Pinsel entstanden war. Es hatte einen Ehrenplatz im Esszimmer seiner prächtigen Villa erhalten, dort, wo bereits andere Werke aus seiner Sammlung hingen, darunter ebenfalls einige von Phillipe.

Um das neue Meisterwerk gebührend zu feiern, hatte Morelli enge Freunde zu einem exklusiven Abendessen eingeladen. Seine Frau hatte mit Hingabe und einem feinen Gespür für Ästhetik den langen Tisch gedeckt: Kristallgläser, feines Porzellan, silbernes Besteck, und dazwischen üppige Gestecke aus Lavendel, Rosmarin und weißen Rosen. Die besten Weine des Weinguts standen bereit.

Als die Gäste eintrafen, versammelten sie sich neugierig vor dem Gemälde. Es wirkte magisch, als würde es einen Sog erzeugen.

„Unglaublich…", murmelte eine Dame. „Es ist, als würde das Bild atmen."

„Man verliert sich darin", sagte ein anderer. „Es zieht einen hinein… unheimlich faszinierend."

Morelli lächelte zufrieden. Der Stolz stand ihm ins Gesicht geschrieben. Die Stimmung war heiter. Man nahm Platz, lachte, prostete sich zu, und die ersten Gänge wurden aufgetragen. Der Duft von Trüffelpasta, Wildragout und geröstetem Gemüse erfüllte das Zimmer. Man unterhielt sich angeregt über Kunst, Politik, alte Zeiten und natürlich über Phillipe, den begnadeten Künstler.

Doch dann geschah es, Morelli erstarrte.

Auf dem strahlend weißen Tischtuch, nur wenige Zentimeter von seinem Weinglas entfernt, krabbelte ein riesiger Käfer, schwarzbraun glänzend, mit zuckenden Fühlern und einem Körper so groß wie eine kleine Zitrone.

Er blinzelte. Doch der Käfer war noch da, und er war nicht allein.

Ein zweiter erschien. Dann ein dritter.

Innerhalb von Sekunden waren es dutzende, hunderte.

Sie krochen über die Tischplatte, über Teller, Gläser, Hände.

Morelli schrie auf, sprang panisch vom Stuhl und schlug wild um sich.

„Weg! Weg von mir!"

Er ruderte mit den Armen, versuchte sie von seinem Körper zu schlagen, von seinen Schultern, seinen Beinen, seinem Gesicht.

Doch niemand sonst rührte sich.

Die Gäste starrten ihn fassungslos an.

„Adriano? Was tust du?" fragte jemand vorsichtig.

„Seht ihr sie nicht?! Diese riesigen Käfer! Sie sind überall! Auch auf euch!"

Seine Stimme überschlug sich panisch, flehend.

Doch für alle anderen war der Tisch makellos. Kein einziger Käfer war zu sehen.

Nur Morelli tobte durch das Esszimmer, ein Mann im Wahnsinn.

Er riss sich das Jackett vom Leib, rannte stolpernd aus dem Raum, quer durch den Flur, auf die große Eingangstür zu.

Aber auch dort sah er sie.

An den Wänden. Auf den Treppen. In den Lampen. Ein krabbelnder, wimmelnder Schwarm von tausenden Käfer, die ihn zu verfolgen schienen.

Schreiend riss er die Tür auf, stürzte hinaus in den nächtlichen Hof, fiel auf die Knie, rappelte sich auf, taumelte weiter ins Dunkel, verfolgt von Schatten und Halluzinationen.

„Lasst mich in Ruhe! Lasst mich in Ruhe!"

Sein Schrei hallte über das Gelände, während er im Garten verschwand, zitternd, keuchend, von etwas verfolgt, das nur er sehen konnte.

Die Gäste standen versteinert im Esszimmer, zwischen Weingläsern, Tellern, Kristall und Rosen.

Seine Frau starrte zur offenen Tür.

„Was... was war das?" flüsterte sie.

„Ein Anfall vielleicht", murmelte jemand. „Oder... ein Nervenzusammenbruch?"

Doch in ihren Blicken lag mehr als nur Sorge, es war Angst. Denn so reagiert kein Mensch ohne Grund.

Zwei der Männer verließen das Haus, um Morelli zu suchen.

Sie fanden ihn nicht sofort. Erst am Ende des Kieswegs, dort, wo hohe Büsche einen Schatten warfen, entdeckten sie seine Silhouette, zusammengesackt am Boden, als hätte ihn die Kraft verlassen.

„Adriano?" rief einer von ihnen. „Alles in Ordnung?"

Keine Antwort.

Langsam näherten sie sich. Ihre Schritte knirschten über den Kies, das einzige Geräusch in der kühlen Nacht.

Als sie ihn erreichten, kniete einer sich hin, und wich sofort erschrocken zurück.

Morelli saß leblos an eine Mauer gelehnt, die Augen weit aufgerissen, der Mund halb geöffnet, als hätte ihn ein letzter Schrei nicht mehr verlassen können.

Seine Gesichtszüge waren eingefroren in einem Ausdruck des blanken Grauens.

Doch es war nicht nur dieser Anblick, der ihnen das Blut in den Adern gefrieren ließ.

Es war sein Körper.

Seine Kleidung war unversehrt. Kein Blut. Keine Wunde. Doch aus dem offenen Hemdkragen kroch langsam ein einzelner, kleiner Käfer hervor.

Er bewegte sich bedächtig über Morellis Brust, blieb einen Moment lang über seinem Herzen stehen und verschwand dann unter seiner Weste.

„Mein Gott…", hauchte einer der Männer, während der andere taumelnd zurückwich.

Die Rettungskräfte kamen rasch. Doch es war längst zu spät.

Der Notarzt konnte nur noch den Tod feststellen. Herzversagen, lautete die erste Diagnose.

Doch niemand konnte erklären, warum ein kerngesunder Mann mit einem derart entgleisten Gesichtsausdruck tot aufgefunden wurde.

Von dem einen Käfer, den sie gesehen hatten, fehlte jede Spur.

Die ersten Sonnenstrahlen fielen durch die hohen Fenster und warfen lange, goldene Schatten über den Boden. Fabrizio saß allein zwischen seinen Unterlagen, die er gedankenverloren sortierte. Es war einer dieser ruhigen Vormittage, an denen kaum jemand anrief und die Welt draußen fern wirkte.

Doch an diesem Morgen war etwas anders.

Gegen halb elf durchbrach das schrille Klingeln des Telefons die Stille. Ohne hinzusehen, griff Fabrizio zum Hörer.

„Galerie Arte Sublime, Fabrizio am Apparat."

Am anderen Ende meldete sich eine vertraute Stimme. Gianluca Bellini, ein alter Bekannter, einst Politiker, heute Kunstsammler und gesellschaftlich bestens vernetzt.

„Fabrizio… du hast es sicher schon gehört?"

Fabrizio runzelte die Stirn. „Gehört? Was meinst du?"

Ein kurzes, schweres Schweigen. Dann sagte Gianluca:

„Adriano Morelli ist tot."

Fabrizio erstarrte.

„Was…? Wie?"

„Heute früh. Es war in den Nachrichten. Ich habe direkt mit jemandem bei der Polizei gesprochen. Man sagt, es war ein plötzlicher Zusammenbruch. Aber… etwas daran ist seltsam. Gestern Abend hat er ein Dinner veranstaltet, zur Feier eines neuen Gemäldes. Von deinem Künstler… Phillipe, oder?"

„Ja", antwortete Fabrizio langsam. „Er hat vor ein paar Tagen eines der neuen Bilder gekauft."

„Während des Dinners wurde er plötzlich unruhig. Dann panisch. Er fing an zu schreien, schlug um sich, als würde er etwas sehen. Insekten, sagen die Gäste. Riesige Käfer. Er ist durchgedreht, ist aus dem Haus gerannt… und draußen zusammengebrochen."

Fabrizio war sprachlos.

„Mein Gott…"

„Die Ärzte sprechen von Herzversagen. Aber er war gesund. Keine Vorgeschichte. Nichts, was das erklärt."

Fabrizio legte nach dem Gespräch langsam den Hörer auf. Sein Blick schweifte ins Leere. Die Worte hallten in ihm nach. Er sah scheinbar Dinge, Käfer!

Langsam wandte er sich zur Wand. Dort hing noch immer das Plakat der letzten Vernissage, ein

Ausschnitt aus einem der neuen Werke. Eines von denen, die mit dem geheimnisvollen alten Pinsel gemalt worden waren.

Ein kalter Schauer überlief ihn.

Er griff nach seinem Autoschlüssel.

Er musste zu Phillipe. Sofort.

Phillipe war wieder in seinem Atelier.

Widerwillig stand er vor der großen Leinwand, in deren Mitte sich bislang nur der düstere, unheilvolle Himmel spannte. Immer wieder hatte er versucht, nicht weiter zu malen. Immer wieder hatte er sich geweigert, mit jeder Faser seines Körpers. Und doch… konnte er der unsichtbaren Macht nicht entkommen, die ihn unaufhaltsam zurück in diesen Raum zog.

Es war, als hätte der Pinsel, der da auf dem Tisch lag, einen eigenen Willen. Selbst wenn Phillipe ihn mit einem Ruck wegwarf, selbst wenn er fluchtartig das Atelier verließ früher oder später kehrte er zurück.

Widerstand war zwecklos.

Dann nahm er sich einen dicken Borstenpinsel und übermalte die bereits düster ausgearbeiteten Konturen mit weißer Farbe. Doch statt zu verblassen, vermischten sich die Farbschichten zu einem schmutzigen, fahlen Grau. Der düstere Himmel schien nicht verschwinden zu wollen, als würde er sich mit aller Kraft gegen die Auslöschung wehren.

In diesem Moment klingelte es an der Haustür. Nicht einfach ein Klingeln, es war ein Sturmläuten. Hektisch. Drängend.

Phillipe zuckte zusammen, legte den Pinsel hastig beiseite und eilte zur Tür. Als er öffnete, stand Fabrizio vor ihm, außer Atem, das Gesicht angespannt, die Stirn feucht.

„Fabrizio? Was ist los? Ist etwas passiert?"

Doch anstatt zu antworten, schob sich Fabrizio an ihm vorbei, direkt in die Küche, suchte mit fahrigen Bewegungen nach einem Glas und füllte es unter dem Wasserhahn. Hastig trank er es aus.

Phillipe war ihm dicht gefolgt, noch immer den Pinsel in der Hand.

„Fabrizio, jetzt sag schon... was ist passiert?"

Fabrizio drehte sich langsam zu ihm um. In seinem Blick lag etwas Ungewöhnliches, ein Hauch von Entsetzen.

„Phillipe... es geht um Adriano Morelli."

Phillipe erstarrte.

„Was ist mit ihm?"

„Er ist tot."

Ein Moment der Stille. Alles schien für eine Sekunde den Atem anzuhalten.

„Was...? Aber... wie?" Mehr brachte Phillipe nicht heraus.

Fabrizio nickte langsam, suchte nach den richtigen Worten.

„Gianluca, du kennst ich auch. Er hat mich angerufen und es mir mitgeteilt."

Phillipe stand wie angewurzelt.

Fabrizio fuhr fort.

„Gestern Abend hatte Morelli ein festliches Dinner zu Ehren deines Bildes, das er bei der Ausstellunggekauft hatte. Er war stolz darauf... hatte Gäste eingeladen, Wein servieren lassen... Und dann... mitten im Abend... ist er völllg ausgerastet."

„Was meinst du mit ‚ausgerastet'?" fragte Phillipe, seine Stimme kaum mehr als ein Flüstern.

„Er hat geschrien, panisch. Er hat scheinbar riesige Insekten gesehen. Sie wären überall gewesen, auf dem Tisch, auf den Gesichtern seiner Gäste... auf seinem eigenen Körper."

Philippes Gesicht verlor jede Farbe.

„Er hat versucht, sie abzuschütteln, ist schreiend aus dem Haus gerannt und draußen im Hof einfach zusammengebrochen, tot."

„Herzversagen", murmelte Phillipe mechanisch.

Fabrizio nickte. „Das ist die offizielle Ursache. Aber... er hatte keine Vorgeschichte. Keine Krankheit, nichts."

Eine lange Stille breitete sich zwischen den beiden aus. Nur das Ticken der Wanduhr durchbrach den Raum wie ein leises Mahnmal.

Phillipe ließ langsam den Pinsel sinken. Sein Blick war leer, doch in seinen Augen lag etwas Dunkles, Unausgesprochenes.

Er dachte an den Traum. An den Reiter. An die Stimme, die ihm gesagt hatte.

„Du hast sie mit meinem Pinsel gemalt. Jetzt gehören beide Seelen mir."

Phillipe wandte den Blick ab.

Er ging langsam zum Fenster, ohne ein Wort zu sagen. Draußen bewegten sich die Baumkronen sanft im Wind, als wäre nichts geschehen. Doch in seinem Inneren tobte ein Sturm.

Fabrizio beobachtete ihn still.

„Phillipe... ich weiß, das ist schockierend. Aber du siehst selbst, was für ein Zufall. Zwei Tote, beide haben Bilder von dir gekauft.

Phillipe presste die Lippen aufeinander. Der Pinsel in seiner Hand fühlte sich plötzlich schwer an, fast glühend. Er legte ihn langsam auf die Arbeitsplatte, so beiläufig wie möglich, als wäre es nur ein Werkzeug wie jedes andere.

„Ich verstehe, was du meinst, Fabrizio", sagte er leise.

„Es ist nur... du weißt ja, wie stark manche Menschen reagieren können. Vielleicht hatte Morelli eine verborgene Angststörung. Wer weiß das schon?"

Fabrizio nickte langsam, doch sein Blick blieb auf Philippes Gesicht ruhen.

„Vielleicht. Vielleicht auch nicht. Aber du solltest wirklich auf dich achten. Du wirkst... verändert. Blass. Unruhig. Fast, als hättest du selbst Angst vor etwas."

Phillipe drehte sich um, lächelte schwach.

„Ich bin einfach erschöpft. Die letzten Wochen waren intensiv. Die Vernissage, das ganze Interesse, die Gespräche. Ich brauche nur ein bisschen Ruhe."

Fabrizio musterte ihn noch einen Moment, dann stand er auf.

„Versprich mir wenigstens, dass du heute nichts mehr malst. Komm zur Ruhe, geh spazieren, lies ein Buch, irgendwas. Aber nicht malen."

„Versprochen", sagte Phillipe rasch.

Er log.

Fabrizio ging zur Tür, warf noch einen letzten, besorgten Blick zurück.

„Wenn du irgendetwas brauchst, ruf mich an. Egal wann."

Phillipe nickte nur. Dann schloss sich die Tür.

Die Stille im Haus war jetzt ohrenbetäubend.

Langsam drehte Phillipe sich um. Der Pinsel lag immer noch auf der Arbeitsplatte, als würde er auf ihn warten. Die graue Leinwand im Atelier flackerte ihm im Kopf wie eine offene Wunde.

Er spürte es. Tief in sich.

Es ist noch nicht vorbei.

Er wusste, dass der Reiter zurückkehren würde.

Er wusste, dass das Bild ihn rufen würde.

Und er wusste, dass jeder Pinselstrich ihn ein Stück weiter aus der Realität reißen würde.

Aber noch schwieg er. Auch vor sich selbst.

Phillipe saß noch immer still im Haus, der Gedanke an Morellis Tod wühlte ihn auf. Dann, plötzlich, wie ein Echo aus einer anderen Zeit, kam ihm Fredo in den Sinn. Fredo, der ihn gewarnt hatte,

„Der Pinsel gibt dir, was du willst, aber er nimmt dir, was du brauchst."

Phillipe spürte ein schmerzhaftes Ziehen in der Brust.

Er fühlte sich ausgelaugt, blass, beinahe durchsichtig. Seine Kleidung hing ihm locker an den Schultern. Er hatte Gewicht verloren, ohne es bewusst zu merken. Die Farbe war aus seinem Gesicht gewichen. Selbst seine Bewegungen wirkten müde, abgehackt.

Fredo... Hatte er vielleicht doch recht?

Damals hatte Phillipe über seine Warnungen geschmunzelt, sie als spleenige Mystik eines alten Freundes abgetan. Doch jetzt war da nur noch Zweifel,

Angst und das Gefühl, dass etwas Unausweichliches auf ihn zukam.

Er stand plötzlich auf. Entschlossen.

Er musste mit Fredo sprechen, jetzt. Bevor es zu spät war.

Ohne zu zögern, ließ er alles liegen: den grauen, halb übermalten Hintergrund, den Pinsel, der noch vom letzten Versuch auf dem Tisch lag, das Glas Wasser, das noch leicht bebte vom Gespräch mit Fabrizio.

Er verließ das Haus, stieg in seinen Wagen und fuhr los.

Die Strecke zu Fredos Haus zog sich. Regen hatte eingesetzt, ein leiser Nieselregen, der die Welt in ein tristes Grau tauchte. Bäume zogen geisterhaft an ihm vorbei, als würde die Zeit sich dehnen.

Nach knapp einer Stunde bog er auf die schmale Einfahrt vor Fredos abgelegenem Haus ein. Es lag da, wie immer, alt und runtergekommen, aber stabil. Ein Haus mit Geschichte, mit Geheimnissen.

Phillipe stieg aus, trat langsam an die Haustür. Er atmete tief durch. Noch bevor er klingeln konnte, öffnete sich die Tür.

Dort stand Fredo.

Sein Gesicht war ernst, aber nicht überrascht.

Er sah Phillipe an, als hätte er genau gewusst, dass dieser Moment kommen würde.

„Komm rein, Phillipe", sagte Fredo mit ruhiger Stimme.

„Ich habe dich schon erwartet."

Das Haus roch nach altem Holz und getrockneten Kräutern. Es war dämmrig, nur das warme Licht einer Stehlampe warf weiche Schatten an die Wände. Fredo führte Phillipe in die Stube, wo ein kleiner Kamin flackerte.

„Setz dich", sagte er leise. „Du siehst furchtbar aus."

Phillipe ließ sich schwer auf das alte Ledersofa sinken. Er schwieg einen Moment, fuhr sich dann mit der Hand über das Gesicht.

„Fredo... ich weiß nicht mehr, was ich glauben soll", sagte er erschöpft. „Seit ich mit diesem Pinsel male... es ist, als wäre ich nicht mehr allein in meinem eigenen Kopf. Ich träume von einem Reiter, von einem dunklen Himmel... Ich kann nicht aufhören zu malen. Und wenn ich es versuche, zieht es mich trotzdem zurück."

Fredo nickte langsam, mit einer Traurigkeit in den Augen, die Phillipe nicht deuten konnte.

„Ich habe dich gewarnt, Phillipe", sagte er. „Aber ich wusste, dass du diesen Weg trotzdem gehen musst. So wie andere vor dir auch."

„Andere?" Phillipe hob den Kopf. „Du hast gesagt, du kennst die Geschichte des Pinsels. Dann erzähl sie mir. Alles."

Fredo atmete tief ein, griff nach einem alten Holzkästchen, das auf dem Beistelltisch stand. Er öffnete es langsam, fast ehrfürchtig. Darin lagen vergilbte Notizen, ein vergilbtes Foto eines Mannes mit irren Augen vor einer Staffelei und eine kleine, eingerollte Pergamentseite.

„Dieser Pinsel", begann Fredo, „ist sehr alt. Niemand weiß genau, wann oder von wem er geschaffen wurde. Manche glauben, es war ein Künstler, der seine Seele verkauft hat, für das Versprechen, etwas zu erschaffen, das ewig währt. Andere sagen, es war ein Priester, der das Werkzeug bei einem rituellen Opfer gefunden hat. Was aber sicher ist, dieses Werkzeug, war nie nur einfach ein Pinsel."

„Was meinst du mit nie nur ein einfach ein Pinsel?" fragte Phillipe leise.

„Er malt nicht nur, Phillipe. Er bindet. Was du mit ihm erschaffst, wird lebendig, nicht im Fleisch, sondern in der Essenz. Die Seele, die du porträtierst, wird gebannt. Eingefangen. Und irgendwann fordert der Pinsel, was ihm zusteht."

„Die Seelen...", flüsterte Phillipe, erschrocken. „Der Geschäftsmann... seine Frau..."

Fredo nickte schwer.

„Es beginnt mit einer Vision. Dann kommen die Träume. Dann malt man, als würde eine fremde Hand führen. Und am Ende... verlangt er mehr. Immer mehr. Wenn du dich weigerst, straft er dich, mit Krankheit, Wahnsinn, manchmal mit dem Tod von Unschuldigen. Nicht du allein trägst die Schuld, der Pinsel ist ein Wesen für sich. Er... wählt."

Phillipe stand langsam auf, ging im Raum auf und ab. Seine Hände zitterten leicht.

„Ich wollte doch nur malen, Fredo. Ich wollte... Schönheit erschaffen, Gefühle, keine... keine verdammte Verdammnis!"

„Du bist begabt, Phillipe. Und das hat ihn zu dir geführt."

„Kann man ihn zerstören?" fragte Phillipe. Seine Stimme war jetzt hart, fast verzweifelt.

Fredo sah ihn mit ernster Miene an.

„Viele haben es versucht. Viele haben es nicht überlebt und einige, die Glück hatten, ging es wie mir."

Stille breitete sich aus. Nur das Knacken des Feuers war zu hören. Draußen hatte der Regen wieder begonnen, als wolle er die Nacht einrahmen.

Phillipe und Fredo saßen noch eine Weile schweigend am Kamin. Die Schatten tanzten über ihre Gesichter, als ob sie selbst Teil einer anderen, älteren Geschichte wären. Schließlich war es Fredo, der das Schweigen durchbrach.

„Es gibt da noch jemanden..." sagte er langsam. „Den alten Mann, bei dem du den Pinsel gekauft hast. Ich kenne ihn auch. Oder besser gesagt: Ich hatte den Pinsel auch von ihm."

Phillipe hob überrascht den Kopf. „Du meinst den Antiquitätenhändler?"

„Ja", nickte Fredo. „Er ist kein gewöhnlicher Händler. Sein Laden existiert seit Jahrzehnten unauffällig, vielleicht noch länger. Aber niemand kann sich erinnern, wie lange genau. Manche sagen, er sei nur zu bestimmten Zeiten geöffnet. Und nur für bestimmte Menschen."

Phillipe schluckte trocken. „Er wusste etwas. Als ich dort war... er hat kaum gesprochen, aber in seinen

Augen lag etwas. Als würde er mehr sehen als nur einen Kunden."

Phillipe stand auf, griff sich seine Jacke vom Haken. „Dann sollten wir ihn gemeinsam aufsuchen. Heute noch."

„Jetzt gleich?"

„Je länger wir warten, desto mehr mächtiger wird der der Pinsel und nimmt immer mehr von unserer Energie. Vielleicht ist dieser Händler der Einzige, der uns sagen kann, was wirklich dahintersteckt."

Fredo zögerte keine Sekunde. Die Angst, die ihn sonst lähmte, wandelte sich in eine entschlossene Unruhe. Er wollte Antworten. Er musste wissen, worin er verwickelt war und ob es einen Weg zurückgab.

Sie verließen Fredos Haus, stiegen in Philippes Wagen und fuhren durch die dunklen Straßen der Stadt. Der Regen hatte aufgehört, aber eine feuchte Kühle lag über allem, als hätten die Schatten selbst Atem.

Das Antiquitätengeschäft lag in einer schmalen Seitengasse. Zwischen alten Backsteinwänden und einem moosbewachsenen Torbogen stand das Geschäft, als wäre es in einer anderen Zeit gestrandet. Ein alter, verblasster Schriftzug über der Tür lautete nur „willkommen".

„Siehst du Licht?" flüsterte Phillipe, als er das Auto parkte.

„Kaum", sagte Fredo, „aber der Laden ist offen. Ich spüre es."

Als sie nähertraten, knarzte die alte Holztür leicht auf, ganz von selbst. Ein schwacher Duft von Papier, Lack und etwas Unbeschreiblichem wehte ihnen entgegen. Wie uraltes Wissen, das in staubigen Ecken schlief.

Im Laden war es dämmrig, das Licht stammte von alten Lampen und einem Kamin im Hintergrund. Überall lagen Gegenstände, Bücher, Skulpturen, Masken und Gemälde, allesamt seltsam fremd und doch irgendwie vertraut.

Dann erschien er, lautlos, wie ein Schatten zwischen Schatten. Der Alte, klein, hager, mit einer leicht gebeugten Haltung, doch seine Augen waren hell, durchdringend und wach.

„Ich habe euch erwartet", sagte er ruhig. „Ihr wollt etwas über den Pinsel wissen."

Phillipe trat einen Schritt vor. „Was ist er? Woher stammt er? Warum tut er das, was er tut?"

Der Alte sah ihn lange an. zu lange.

Dann sagte er leise,

„Setzt euch. Die Geschichte dieses Pinsels ist älter, als ihr euch vorstellen könnt. Und sie beginnt mit Blut, Kunst, und einem Fluch."

Der Alte trat näher ans Feuer. Sein Gesicht war von den tanzenden Flammen halb im Schatten, halb im Licht, als wäre er selbst zwischen zwei Welten gefangen.

Er hatte gesprochen, lang, ruhig, aber jedes Wort war wie ein Hammerschlag in Fredos und Philippes Seele.

Die Geschichte des Pinsels war keine Märchen, sie war eine Warnung. Ein Fluch, geboren aus uralter Schuld, aus Besessenheit, Gier und Blut.

Einst gehörte der Pinsel einem Maler, der mit seinem Werk die Grenze zwischen den Welten geöffnet hatte. Der Reiter, ein Bote aus der Zwischenwelt, hatte ihn gerufen, gezwungen, immer tiefer in die Schatten zu malen. Bis er ihn ganz verschlungen hatte. Und der Pinsel?

Er war das letzte Artefakt geblieben. Triefend von dem Geist, der ihn einst führte.

Ein Werkzeug und ein Schlüssel.

Fredo starrte den Alten an, fassungslos. „Und niemand konnte ihn je aufhalten?"

Der Alte lächelte kalt. „Viele haben es versucht. Einige haben ihn zerstören wollen, aber der Pinsel kann nicht zerstört werden. Andere... dachten, sie könnten ihn benutzen. Ihre Seelen hängen jetzt irgendwo in der Dämmerung."

Dann wandte sich Phillipe ihm zu. Seine Stimme bebte, doch darin lag Entschlossenheit.

„Wie kann man diesen Dämon aufhalten?" fragte er.

Der Alte hob eine buschige weiße Braue und dann, ganz unerwartet, lachte er. Nicht herzlich, sondern dumpf und heimtückisch. Ein Lachen, das klang, als käme es aus einer Gruft.

„Aufhalten?" krächzte er. „Du verstehst nicht. Wenn er durch das Portal kommt, ist er unbesiegbar. Seine Gestalt, dass was du den Reiter nennst, ist nur ein Fragment. Ein Schatten seines wahren Wesens. Und sobald er durch das fertige Bild vollständig in unsere Welt tritt, kannst du ihn nicht mehr aufhalten. Dann wird er nehmen, was er will."

„Aber es muss doch einen Weg geben!" rief Fredo. „Irgendwas?!"

Der Alte schwieg einen Moment. Dann, leise:

„Wenn überhaupt... dann nur in seiner Ebene. In der Schattenwelt, von der er kommt, nur dort ist er verwundbar. Aber dahin kommt keiner. Und keiner kehrt von dort zurück."

Phillipe spürte, wie sich alles in ihm zusammenzog. Eine kalte Faust drückte auf sein Herz. Doch gleichzeitig war da auch etwas anderes. Ein Feuer. Vielleicht war es Wahnsinn, vielleicht nur Trotz. Aber er konnte nicht einfach aufgeben, nicht jetzt.

„Dann muss ich dorthin", sagte er. „Ich werde es tun, wenn es sein muss."

Der Alte musterte ihn lange. Fast mitleidig.

„Vielleicht..." sagte er. „Aber du musst wissen. Um in seine Welt zu gelangen, musst du das Bild vollenden. Du musst den Pinsel zu Ende führen, bis er dich ganz hat und niemand kommt auf seine Ebene"

Sie verließen wortlos das düstere Antiquitätengeschäft. Kein Blick zurück, nur die schweren Schritte zweier Männer, die eine Wahrheit gehört hatten, die kaum auszuhalten war.

Phillipe fuhr. Fredo saß schweigend neben ihm, den Blick leer, als würde er alles nochmals durchdenken oder schon viel zu viel verstanden haben.

Die Straße zog sich wie in Zeitlupe. Kein Radio, kein Gespräch. Nur das monotone Geräusch des Motors, wie das entfernte Rattern eines Zugs, der auf ein Ziel zurast, das keiner erreichen will.

Bei Fredo angekommen, gingen sie ohne ein Wort ins Haus. Im vertrauten Zimmer nahmen sie Platz, wie zwei Überlebende nach einem Sturm. Minuten verstrichen. Dann durchbrach Fredo die lähmende Stille.

„Verdammt", sagte er leise. „Auf was haben wir uns da eingelassen?"

Phillipe nickte langsam. Seine Stimme war rau, aber klar.

„Ja. Es ist... mehr, als ich dachte. Aber es muss einen Weg geben, da wieder rauszukommen."

„Vielleicht sollten wir... einen Geistlichen suchen? Jemanden, der sich mit sowas auskennt?", schlug Phillipe zögerlich vor.

Fredo schüttelte sofort den Kopf. „Nein. Das hab ich schon probiert."

„Und?", fragte Phillipe.

Fredo seufzte schwer, seine Stimme klang wie ausgehöhlt.

„Sie haben mir nicht geglaubt. Meinten, ich bräuchte... professionelle Hilfe. Kein Gebet, kein Kreuz oder gar Knoblauch, nichts hat je geholfen."

Wieder Stille. Doch diesmal war sie anders. Nicht lähmend, sondern voller elektrischer Spannung.

Man konnte fast hören, wie Philippes Gedanken ratterte, wie Zahnräder in einer alten Maschine, die plötzlich auf Hochtouren lief.

Dann hob er langsam den Kopf. Seine Augen funkelten. In seiner Stimme lag etwas Neues, Entschlossenheit, Trotz.

„Fredo", sagte er leise. „Ich werde es nicht zulassen, dass dieser Dämon mich besiegt. Dass er meine Bilder, mein Leben, meine Seele nimmt. Ich werde mein Leben zurückholen!"

Er atmete tief ein. „Ich glaube... ich weiß, wie ich diesem Geist ein Ende setzen kann."

Fredo richtete sich auf. „Wie meinst du das?"

Phillipe sah ihn an, fest und klar.

„Ich habe einen Plan."

„Was hast du vor?" fragte Fredo leise, aber mit drängender Neugier. Seine Stimme vibrierte vor innerer Spannung, sein Blick suchte Halt in Philippes Augen.

Phillipe atmete tief durch, fuhr sich mit der Hand durch das Gesicht und sagte dann mit rauer Stimme:

„Er nimmt mir, was ich brauche, Fredo. Meine Kraft. Meine Seele vielleicht. Soll er doch, aber ich werde nicht zulassen, dass er gewinnt."

Er richtete sich auf, seine Augen glänzten entschlossen.

„Ich werde diesen Dämon malen. Nicht weil ich es will, sondern weil ich muss. Und doch werde ich mich mit jeder Faser dagegen wehren. Ich werde ihn malen, um ihn zu binden, nicht zu befreien. Es ist gefährlich, ja... Aber wenn wir nichts tun, haben wir sowieso keine Chance."

Er machte einen Schritt auf Fredo zu, legte ihm die Hand auf die Schulter.

„Deshalb erzähle ich dir alles, Fredo. Jeden Gedanken, jeden Schritt. Ich brauche dich, nicht nur als Freund, sondern als mein Wächter. Du musst bei mir sein, wenn ich beginne. Du musst eingreifen, wenn ich mich verliere. Versprich es mir."

Fredo schluckte hart. In seinen Augen lag Sorge, aber auch etwas anderes, Stolz vielleicht. Oder der Mut, der aus echter Freundschaft wächst.

„Phillipe..." sagte er zögernd, dann fester: „Du bist stark. Du warst immer schon stark. Du hast dich nie unterkriegen lassen, nicht vom Leben, nicht von der Angst. Ich glaube an dich."

Er packte Philippes Hand mit fester Entschlossenheit.

„Sag mir, was ich tun muss. Ich bin bei dir. Bis zum Schluss."

Es war bereits Abend geworden, als Phillipe Fredo in aller Ausführlichkeit von seinem Plan erzählte. Er ließ kein Detail aus, schilderte seine Gedanken, seine Ängste, und die letzte Hoffnung, die ihn antrieb. Fredo hörte aufmerksam zu, sein Gesicht ernst, aber voller Mitgefühl.

Diese Nacht blieb Phillipe bei ihm, um zur Ruhe zu kommen, um Kraft zu sammeln. Und tatsächlich, zum ersten Mal seit langer Zeit schlief er tief und ruhig, wie in einer sicheren Blase fernab von Dunkelheit und Albträumen.

Am nächsten Morgen frühstückten die beiden schweigend. Die Stimmung war konzentriert, fast feierlich. Als Phillipe sich verabschiedete, legte Fredo ihm eine Hand auf die Schulter.

„Du bist nicht allein", sagte er leise. Phillipe nickte dankbar, es war kein Platz für große Worte, denn alles war gesagt.

Gegen 9 Uhr erreichte Phillipe sein Zuhause. Die Morgensonne lag trügerisch warm über dem Grundstück, doch in ihm wuchs die Unruhe. In der Einfahrt stand Antonios Wagen.

Phillipe spürte einen Stich in der Brust. Er wollte diesen Morgen für sich haben, um sich vorzubereiten. Doch es war zu spät. Kaum hatte er die Haustür erreicht, kam ihm Antonio bereits entgegen.

„Großvater! Wo warst du? Ich habe mir Sorgen gemacht!" rief Antonio mit ehrlicher Besorgnis und umarmte ihn flüchtig.

„Kein Grund zur Sorge, Antonio. Komm rein, lass uns einen Kaffee machen", antwortete Phillipe mit bemühter Ruhe.

In der Küche setzten sie sich. Phillipe goss den Kaffee ein, seine Bewegungen waren langsam, fast müde. Antonio sah es sofort.

„Großvater… du siehst schrecklich aus. Du hast abgenommen. Was ist los mit dir? Noch vor ein paar Wochen warst du kerngesund!" Seine Stimme zitterte leicht. „Bitte, lass uns zum Arzt fahren."

Phillipe schüttelte den Kopf. „Nein, mein Junge. Es geht mir gut. Ich brauche nur ein bisschen Ruhe, und heute habe ich viel zu tun. Bitte, fahr jetzt nach Hause."

Antonio runzelte die Stirn. Etwas stimmte nicht, das spürte er mit jeder Faser seines Körpers.

„Gut…" sagte er zögernd. „Aber ruf mich, wenn du irgendetwas brauchst, versprich es mir. Und bitte, lade dein Handy auf. Ich habe dich nicht erreichen können."

„Ja, ja… das mache ich. Danke, Antonio. Und jetzt geh bitte."

Antonio blickte ihn noch einmal an, ein letzter Versuch, etwas aus seinem Großvater herauszulesen. Aber Phillipe hatte sich hinter einem festen Ausdruck verschlossen. Verwirrt und besorgt ging Antonio schließlich zurück zum Wagen, drehte sich noch einmal um, bevor er langsam davonfuhr.

Er stand noch einen Moment in der Tür, der Blick schwer. Dann atmete er tief durch und schloss sie hinter sich. Die Stille im Haus war nicht leer, sondern gespannt, als hielte das Gemäuer den Atem an. Jeder Raum wirkte, als wüsste er, was bevorstand.

Langsam ging Phillipe den Flur entlang. Alte Gemälde hingen an den Wänden, Zeugen vergangener Zeiten. In der Küche schenkte er sich ein Glas Wasser ein, hielt es in der Hand, doch trank nicht. Er starrte hinein, als suche er darin Antworten. Seine Hand zitterte leicht.

Oben im Schlafzimmer blieb er vor dem Spiegel stehen. Das Gesicht darin war schmal geworden, eingefallen. Dunkle Schatten lagen unter den Augen. Doch tief darin glühte etwas, ein stiller Entschluss.

Er öffnete eine Schublade und nahm ein kleines Notizbuch heraus. Abgenutzt, in Leder gebunden. Darin waren Skizzen, Gedanken, Fragmente einer Zeit, in der das Malen noch Befreiung war, kein Fluch.

Auf einer Seite stand nur ein Satz:

„Wenn die Seele malt, aber der Wille kämpft, entsteht die Wahrheit."

Er legte das Buch beiseite, zog sich ein frisches Hemd an, richtete den Kragen. Dann fuhr er sich durchs Haar, als wolle er sich sammeln. Nicht wie jemand, der aufgibt, sondern wie jemand, der sich stellt.

Schließlich ging er die Treppe hinab. Sein Schritt war ruhig, aber entschlossen. Er öffnete die Tür zum Atelier.

Der Geruch von Farbe und Terpentin schlug ihm entgegen. Eine seltsame Energie lag in der Luft, als würde etwas im Raum warten. Die Staffelei stand bereit, das unfertige Bild grau übermalt, wie ein Spiegel ohne Gesicht.

Der Pinsel lag da, als hätte er nur geschlafen. Phillipe trat näher. Kaum berührte er das Werkzeug, spürte er den Drang zu malen. Oder war es nicht eher der Pinsel, der ihn führte?

Etwas Dunkles zog an ihm, ungeduldig, fordernd. Es war, als verlange ein Wesen in der Leinwand nach Vollendung. Er wollte widerstehen. Doch seine Hand bewegte sich.

Der Pinsel führte ihn über die Leinwand. Jeder Strich kostete Kraft. Er spürte, wie das Bild seine Energie sog, als würde es ihn mit jeder Linie weiter aushöhlen.

Er malte, was er in Träumen gesehen hatte.

Am Horizont dunkle Berge. Ein schmaler Feldweg unter dem Nachthimmel. Ein kleines Dorf, die Fenster wie schwache Lichtpunkte im Dunkeln.

Dann jetzt begann er den Reiter zu malen.

Phillipe zitterte. Sein Atem ging stoßweise. Doch er malte weiter.

Das Pferd mit silberner Mähne im Licht des Mondes.

Den Reiter im langen Umhang, die Kapuze tiefgezogen.

Das Gesicht gespenstisch leuchtend, die Augen glühten rotgelb wie Feuer, wie auch sein Pferd. Ein Bote des Unheils.

Seine Kraft verließ ihn. Doch noch fehlte etwas. Der letzte Teil seines Plans.

Eine winzige Geste, verborgen, aber entscheidend.

Er tauchte den Pinsel in eine fast durchsichtige Farbe, ein Hauch von Licht. Mit zitternder Hand setzte er einen letzten, feinen Strich.

Hinter dem Reiter erschien ein Schatten. Kaum sichtbar.

Ein Mensch.

Nicht gefesselt.

Nicht gebrochen.

Ein Zeuge. Ein Wächter.

Oder der Schlüssel?

Phillipe wusste: Der Reiter hochmütig, siegessicher, er würde diesen Schatten nicht wahrnehmen, zu mindestens hoffte er es. Denn das gehörte zu seinem Plan!

Er ließ das Werkzeug sinken.

Sein Körper schwankte, die Knie gaben nach.

Aber in seinem Blick lag kein Entsetzen mehr.

Nur Entschlossenheit.

Draußen war es Nacht. Der Wind strich durch die Bäume.

Drinnen flackerte das Atelierlicht. Die Schatten tanzten.

Phillipe atmete flach. Seine Finger krallten sich um den Rand der Staffelei. Das Bild war fast vollendet.

Zu echt.

Der Dämon lauerte. Wartete. Er wollte hindurchtreten.

Phillipe spürte den Druck in seiner Brust. Aber er ließ es nicht zu, nicht heute.

Mit letzter Kraft griff er zu einem anderen Pinsel. Tauchte ihn in reines Weiß und zog einen gezielten, unsauberen Strich über den Umhang des Reiters.

Ein Makel, ein Bruch, ein Zeichen der Unvollständigkeit.

Dann verließen ihn alle Kräfte. Der Pinsel fiel zu Boden.

Phillipe sackte in sich zusammen. Neben der Staffelei blieb er liegen. Das Licht in seinen Augen erlosch. Alles wurde schwarz.

Der Raum schwieg. Nur das Bild blieb, unvollendet, wartend.

Und vibrierend, als tobe darin etwas, wütend und gefangen.

Was er sah, war kein klares Bild, nur ein wirbelnder Schleier aus Licht und Schatten, flackernd wie Erinnerungen in einem Traum. Langsam verdichtete sich das Chaos. Formen nahmen Gestalt an.

Eine weiße Decke. Steriles Licht, das von oben, wie durch Nebel auf ihn herabfiel. Der schwache Geruch von Desinfektionsmittel und vergilbter Angst lag in der Luft.

Er lag nicht zu Hause. Nicht in seinem Atelier.

Er realisierte, dass er im Krankenhaus lag. Sein Blick tastete sich zur Seite.

Dort, auf einem Stuhl, saß eine Gestalt, zusammengesunken, der Kopf gesenkt, die Hände wie zum Gebet gefaltet. Antonio. Phillipe versuchte zu sprechen. Doch seine Lippen waren spröde, seine Kehle trocken wie Staub.

„Antonio..."

Es war kaum mehr als ein Hauch, ein verletzter Laut, kaum genug, um die Stille zu brechen. Keine Reaktion.

Noch einmal, etwas lauter, mit mehr Kraft:

„Antonio... Antonio..."

Die letzte Silbe brach beinahe, aber sie reichte.

Antonio zuckte, schlug die Augen auf, orientierungslos, fahrig. Doch dann, Er sah ihn. Wach, bewusst, lebendig.

„Großvater!" rief er atemlos und sprang auf.

Er stürzte ans Bett, griff vorsichtig nach Philippes Hand, sie war kalt, erschreckend kalt. Aber sie bewegte sich.

„Mein Gott... du bist wirklich wach...wie fühlst du dich Großvater?"

Phillipe blinzelte gegen das Licht, als müsse er Worte aus einer fernen Welt zurückholen.

„Wo... wo bin ich? Was... ist passiert?" Die Stimme war heiser, brüchig, fremd.

Antonio schluckte, „Ich... ich bin gestern Abend noch einmal zu dir gefahren. Ich hatte so ein seltsames Gefühl und ich habe mir Sorgen gemacht. Und dann...“

Er hielt inne, sah auf die Decke, rang um Fassung.

„Ich fand dich im Atelier. Du lagst regungslos am Boden. Als wärst du nicht mehr da.“

Seine Stimme brach.

„Du bist jetzt im Krankenhaus. Du bist in Sicherheit, Großvater. Du bist...“

Aber Phillipe sagte nichts. Er sah ihn einfach nur an, tief, durchdringend, fast schon schmerzlich. Ein Blick, schwer wie ein Leben.

Ein unausgesprochener Satz, der sich nicht formen ließ. Etwas loderte in diesem Blick. Schuld? Reue? Furcht? Als wollte er sagen, dass es ihm leidtut, was seinem Enkel noch bevorstand.

Antonio hielt dem kaum stand. Etwas stimmte nicht. Nicht mit Phillipe. Nicht mit der Welt. Ein Gefühl kroch ihm den Rücken hoch, wie Eis unter der Haut. Etwas war anders.

Etwas war da. Oder nicht mehr.

Tränen traten ihm in die Augen, nicht nur aus Sorge, sondern aus einem instinktiven Wissen heraus.

Etwas war verloren gegangen. für immer.

In diesem Moment öffnete sich die Tür.

Dr. Lombardo betrat den Raum.

Sein weißer Kittel bewegte sich kaum, als gehöre er zu einem Geist. Das Lächeln auf seinen Lippen war höflich, geübt, das Lächeln eines Mannes, der mit der Sterblichkeit verhandelt, Tag für Tag.

„Schön, dass Sie wieder wach sind, Herr Duwall", sagte er sanft. „Sie brauchen jetzt viel Ruhe. Ich komme später noch einmal vorbei." Dann wandte er sich an Antonio. Ein stummer Blick, schwer, Antonio verstand.

Er drückte Philippes Hand ein letztes Mal. „Ich bin bald wieder da. Ruh dich aus Großvater." Sie verließen das Zimmer. Im Büro des Arztes war die Luft kälter.

Gedämpftes Licht. Schatten an den Wänden, die sich bewegten, obwohl nichts sie bewegte.

„Bitte… setzen Sie sich."

Antonio tat es. Dr. Lombardo schloss die Tür, ließ sich in seinen Sessel sinken, als trage er ein Gewicht, das mehr war als nur medizinisches Wissen. Eine lange Stille, dann…

„Antonio…" er atmete tief ein.

„Ihr Großvater ist in einem sehr kritischen Zustand. Seine Werte… sie entgleiten uns. Und wir wissen nicht, warum."

Antonio runzelte die Stirn. „Nicht warum?"

„Sein Körper… wirkt, als wäre er ausgebrannt. Leergebrannt. Nicht verletzt. Nicht krank, aber müde. Auf eine… fundamentale Weise."

Er beugte sich nach vorn.

„Es ist, als würde etwas in ihm… gegen das Leben selbst kämpfen. Als ob ein Schatten in ihm lebt, der seine Kraft verschlingt."

Antonio starrte den Arzt an. Ein Kloß saß in seinem Hals.

„Wie viel Zeit hat er?"

Dr. Lombardo schloss kurz die Augen.

„Die nächsten 24 Stunden werden entscheidend sein.

„Antonio, gehen sie nach Hause. Sie können hier nichts tun und Herr Duwall braucht jetzt sehr viel Ruhe.

Sobald wir mehr wissen, werden wir uns umgehend bei ihnen melden.

Antonio bedankte sich und verließ das Krankenhaus in Richtung nach Hause.

Zuhause angekommen saß Claudia bei Antonio. Ihre Hand hielt die seine. Er erzählte. Zwischen den Worten brachen Tränen aus ihm hervor.

Aber sie verstand. Ohne dass alles ausgesprochen werden musste. Die Nacht verging. Am nächsten Morgen schien die Sonne. Ein fast provozierend blauer Himmel. Doch am Horizont türmte sich etwas. Wolken, dunkel und schwer. Ein schwerer Sturm war im Anmarsch.

Beim Frühstück griff Antonio unruhig zum Telefon. Und wählte die Nummer im Krankenhaus.

Dr. Lombardo war nicht erreichbar.

Die Stationsschwester klang fahrig, beinahe nervös.

„Wir... haben derzeit leider keine neuen Informationen.

Dann Stille.

Der Tag verging. Minuten dehnten sich zu Stunden und gegen Nachmittag brach das Wetter.

Der Himmel riss auf wie ein klaffender Riss im Firmament.

Ein Sturm erwuchs. Regen wie Schläge gegen die Fensterscheiben. Blitze zuckten wie wütende Finger durch die Dunkelheit.

Und dann, endlich klingelte das Telefon!

Antonio fuhr hoch und nahm ab. „Ja bitte?!"

Am anderen Ende war nur kurz stille. Dann die Stimme des Arztes, ernst, klar, ohne Umweg.

„Antonio. Kommen Sie schnell. Ihr Großvater liegt im Sterben."

Ohne ein weiteres Wort erhoben sie sich Fredo und Antonio, verließen die sterile, nach Kaffee und Desinfektionsmittel riechende Cafeteria des Krankenhauses. Draußen hing der Himmel schwer und grau über der Stadt, als wollten selbst die Wolken ihr Schweigen nicht brechen.

In gespenstischer Stille fuhren sie zum Haus von Phillipe, dem Maler, dem Visionär, dem Verschwundenen. Ziel war das Gemälde, das man nur flüsternd den Reiter nannte.

Als sie das Atelier betraten, schien die Temperatur um mehrere Grad zu fallen. Der Raum war von einem schwachen Licht durchflutet, das durch die halb geschlossenen Fensterläden drang und Staubpartikel in der Luft zum Tanzen brachte.

Vor ihnen stand die Staffelei. Und darauf, das Bild.

Der Reiter schaute mit glühend roten Augen, die direkt auf sie gerichtet waren. Ein Blick, so stechend, so durchdringend, als würde der Dämon selbst durch die Leinwand hindurch in ihre Seelen blicken.

Fredo zeigte auf einen Pinsel, der auf dem Tisch lag, wie ein vergessenes Relikt. „Das ist der Pinsel des Dämons," sagte er leise, fast ehrfürchtig. „Er gehört ihm. Und mit jedem Strich, den man mit diesem

Werkzeug zieht, schenkt man Energie, schenkt man ihm Leben."

Antonio trat einen Schritt näher, seine Stirn in Sorgenfalten gelegt. Fredo fuhr fort.

„Siehst du den hellen Schatten direkt auf dem Pferd, hinter dem Reiter?"

Antonio musste blinzeln. Erst nach ein paar Sekunden erkannte er ihn, einen fast durchscheinenden, geisterhaften Umriss, kaum sichtbar, wie ein Flackern am Rand des Verstandes. „Ja, ich sehe ihn..." murmelte er.

„Wenn dieses Gemälde vollendet wird, öffnet sich das Tor. Ein Portal, das den Dämon befreit. Doch erst, wenn der letzte Pinselstrich getan ist. Erst dann kann er hindurchtreten, in unsere Welt."

Antonio schüttelte ungläubig den Kopf. „Aber... das Bild ist doch fertig?"

Fredo trat näher zur Leinwand und deutete auf eine Stelle des Umhangs des Reiters.

„Siehst du diesen weißen Strich? Der eine, helle Streifen auf dem schwarzen Stoff?" Antonio nickte langsam.

„Solange dieser Strich nicht dieselbe Schwärze trägt wie der Rest des Umhangs, bleibt das Gemälde unvollständig. Es ist wie ein versiegelter Riss. Nur wenn dieser letzte Makel verschwindet, wird das Tor geöffnet."

Antonio spürte, wie sich seine Kehle zuschnürte.

„Und was bedeutet der Schatten?

Fredo seufzte, seine Stimme brüchig vor Ehrfurcht und Furcht zugleich.

„Nur in der Welt des Bildes, in der Sphäre des Dämons, kann man ihn besiegen. Phillipe und ich haben das erfahren. Deshalb hat er sich dem Pinsel hingegeben, die ganze Zeit beim Malen, Stück für Stück, hat er sich selbst geopfert. Seine Seele wurde durch den Dämon absorbiert, mit jedem Pinselstrich ein wenig mehr, bis er zwischen den Welten gefangen war."

„Antonio, dieser Schatten... ist Phillipe, dein Großvater."

Antonio wich einen Schritt zurück, als hätte ihn jemand geschlagen.

„Nein... das ist unmöglich. Er liegt im Koma. Er kann nicht..."

„Doch, genau deshalb." sagte Fredo eindringlich.

„Sein Körper liegt dort, aber sein Geist kämpft hier. Er hat diesen Zustand bewusst herbeigeführt. Nur so konnte er sich in das Bild übertragen. Nur so hat er eine Chance."

Antonio starrte den Reiter an, den Dämon, die glühenden Augen, den bleichen Schatten dahinter.

„Und... was muss ich tun?" fragte er heiser.

Fredo blickte ihn ernst an.

„Du musst ihn vollenden, Antonio. Du musst deinen Großvater fertigmalen. Dann wird er vollständig ins Bild übertreten, und nur dann kann er den Dämon konfrontieren."

„Und das funktioniert wirklich?" Antonio klang verzweifelt.

Fredo schüttelte langsam den Kopf.

„Wir wissen es nicht. Es gibt keine Garantie. Nur diese eine Möglichkeit. Entweder er besiegt ihn, oder er wird untergehen und niemals wieder erwachen."

„Fredo, warum malst du nicht mein Großvater, Du bist doch ein Maler." Fragte Antonio.

„Ich kann nicht" sagte Fredo, ich hatte den Pinsel früher, wenn ich ihn in die Hand nehme, wir er mich zwingen das Bild zu vollenden, und dann werden wir verlieren!"

Für einen Moment herrschte Stille. Nur der Wind, der durch einen Spalt im Fenster pfiff, und das leise Knistern der Farben auf der alten Leinwand erfüllten den Raum.

Dann trat Antonio einen Schritt vor, direkt auf das Bild zu.

Und seine Hand, zitternd, griff nach dem dämonischen Pinsel.

Antonios Finger zitterten, als sie sich um den Griff des Pinsels legten. Das Holz war eiskalt, nicht wie gewöhnliches, abgestandenes Holz, sondern wie etwas, das in den Tiefen einer längst vergessenen Nacht geboren worden war. Es vibrierte leicht, fast unmerklich, als ob es nicht nur aus Materie, sondern aus einem uralten Willen bestand, einem Bewusstsein und es fühlte sich lebendig an.

Antonio schluckte trocken, seine Kehle eng wie zugeschnürt. Dann bereitete er die Farbpallette vor, zitternd, mechanisch, während seines Blickes immer wieder zum Bild glitt. Zum Schatten. Zu seinem Großvater.

Fredo stand reglos daneben. Seine Augen waren schmal, dunkel, wie Fenster in eine andere Zeit. Er sagte kein Wort, vielleicht, weil Worte hier längst nicht mehr genügten.

Antonio trat näher an das Gemälde heran. Jeder Schritt fühlte sich an, als würde er über dünnes Eis gehen, das unter seinem Gewicht zu brechen drohte.

Der Reiter im Bild beobachtete ihn. Nicht mehr bloß bedrohlich, sondern herausfordernd. Erwartungsvoll.

Wie ein Wesen, das wusste, was kommen würde und das bereit war.

„Wenn ich ihn male…" flüsterte Antonio kaum hörbar, als spräche er zu sich selbst, „…dann gebe ich ihn dem Dämon preis. Oder… ich gebe ihm die einzige Chance, die er je hatte."

Er tauchte den Pinsel in die Farbe, ein tiefes, schwarzes Pigment, so dick und glänzend wie Öl, und so kalt wie ein Grabstein. In dem Moment, als er den Pinsel hob, schien die Welt den Atem anzuhalten.

Keine Bewegung, kein Laut, kein Wind, dann, der erste Strich.

Und mit ihm begann das Unausweichliche.

Kaum hatte der Pinsel die Leinwand berührt, veränderte sich der Raum. Zuerst kaum wahrnehmbar, dann mit wachsender Intensität. Die Luft begann zu flimmern, als läge Hitze unter der Haut der Welt. Die Schatten in den Ecken streckten sich, wurden länger, wie Finger aus Dunkelheit. Das Licht wurde trüb, als hätte jemand das Atelier in Wasser getaucht.

„Weiter, Antonio!" rief Fredo, doch seine Stimme war verzerrt, als käme sie aus weiter Ferne, durch einen Tunnel aus Nebel und Zeit. „Du darfst nicht aufhören!"

Antonio malte weiter, Strich um Strich, Linie um Linie. Mit jedem Detail, das er dem Schatten verlieh, wurde sein Großvater immer realer. Und mit dieser Realität wuchs etwas in der Leinwand.

Etwas Altes, etwas Schreckliches.

Der Pinsel zitterte in seiner Hand. Die Farbe wehrte sich, dickflüssig und widerspenstig, als wollte sie nicht mehr aufgetragen werden. Als hätte sie einen eigenen Willen, einen finsteren. Doch Antonio zwang sie, trotz des Widerstands. Wieder und wieder.

Plötzlich... bewegte sich der Reiter.

Ein Zucken im Augenwinkel. Dann ein leichtes Drehen des Kopfes, langsam, knirschend, wie bei einer alten

Maschine. Er sah Antonio an. Nicht einfach nur an. Er erkannte ihn.

Ein Blick, der sagte: Mal nicht weiter.

Ein Befehl. Oder eine Warnung.

Antonio stolperte rückwärts, ließ den Pinsel klappernd fallen. Doch es war zu spät, der Wandel hatte längst begonnen.

Hinter dem Reiter begann der helle Schatten zu leuchten. Zuerst schwach wie Nebel in der Morgendämmerung, dann stärker, heller, vibrierend. Die Konturen wurden klarer. Haut. Hände. Kleidung. Das zerzauste graue Haar.

„Großvater…" flüsterte Antonio, und Tränen schimmerten in seinen Augen.

Dann hob sich der Pinsel, von selbst, langsam, feierlich. Getragen von einer unsichtbaren Kraft.

Und wie von einer fremden Hand geführt, malte er den letzten Strich.

Ein tiefes, urzeitliches Grollen fuhr durch den Raum. Die Leinwand flackerte, als wäre sie eine Projektion. Ein Spalt öffnete sich im Bild, schwarz, pulsierend, ein Eingang in eine andere Welt.

Der Reiter hob seinen Arm und Phillipe war nun vollständig im Bild.

Ein gleißender Blitz zerschnitt das Atelier. Antonio wurde durch die Luft geschleudert, prallte hart auf dem Boden auf. Staub wirbelte um ihn herum, das Licht flackerte.

Und dann. kam der Schrei.

Ein Laut, so uralt, so durchdringend, dass er durch Knochen und Seele schnitt. Ein Schrei aus Feuer, Hass und Schmerz. Der Schrei des Dämons, verletzt, erwacht, zornig.

Antonio rang nach Luft, seine Ohren klingelten.

Fredo kniete neben ihm, Blut rann aus seiner Nase, seine Hände zitterten.

„Es… hat begonnen…" hauchte er mit gebrochener Stimme.

Antonio taumelte zurück zur Leinwand, und was er sah, raubte ihm den Atem:

Das Bild war nicht mehr dasselbe.

Der Reiter war nicht länger allein. Hinter ihm, Phillipe, in einer alten Rüstung, vernarbt und matt, das Gesicht entschlossen. In seiner rechten Hand der Pinsel der sich wie ein Schwert aus reinem Licht verwandelte, pulsierend wie ein Herz.

Gegenüber, der Dämon, nun vollständig entfesselt. Keine menschliche Form mehr. Er war Glut und Rauch, Flammen und Schatten. Seine Augen waren rot wie geschmolzene Kohle, und die Luft um ihn herum war verzerrt, als würde sie brennen.

Der Himmel über ihnen war schwarz. Zerrissen von roten Blitzen. Und Phillipe trat vor.

Nicht zögernd. Nicht furchtsam.

Sondern wie ein Mann, der weiß, dass es keinen Rückweg mehr gibt.

„Er hat eine Chance…" flüsterte Fredo mit rauer Stimme. „Nur eine einzige."

Und dann begann der Kampf.

Nicht mit Hieben.

Nicht mit Stahl.

Sondern mit dem Willen.

Mit Erinnerung.

Mit Licht gegen Dunkel.

Mit dem Pinsel, gegen die Schatten.

Ein Kampf um mehr als Leben oder Tod.

Ein Kampf um Erlösung. Um das Ende, oder den Neuanfang.

Antonio konnte nicht atmen. Nicht sprechen. Tränen liefen ihm über das Gesicht. Nicht aus Furcht. Sondern aus Ehrfurcht.

Er sah nicht mehr nur seinen Großvater. Er sah einen Krieger. Einen, der das Dunkel nicht kannte, und ihm dennoch entgegentrat.

Antonio und Fredo waren jetzt nur noch Zeugen.

Gefangene an der Schwelle zweier Welten.

Und das Bild, lebte.

Phillipe lag da. Regungslos.

Sein Gesicht war fahl, eingefallen, gezeichnet von Koma. Seine Brust hob und senkte sich unter der dünnen Decke in einem gleichmäßigen, mechanischen Rhythmus, dank der Geräte, die ihn am Leben hielten.

Doch dann, Zuckte ein Finger.

Zuerst kaum sichtbar. Ein kaum merkliches Zittern. Dann ein zweiter. Die Augenlider begannen zu flimmern, flatterten wie der Flügelschlag eines verletzten Vogels. Ein Schatten bewegte sich unter der Haut, als würde sich etwas in ihm neu zusammensetzen.

Eine Krankenschwester, die gerade einen Infusionsbeutel wechselte, erstarrte.

„Schwester Clara?! Bitte kommen Sie mal schnell!" rief sie, während ihr Blick nicht von Philippes Gesicht wich.

Weitere Ärzte, Dr. Lombardo und Pflegekräfte eilten herbei. Stimmen flüsterten, Rufe wurden laut, Stethoskope zu Brustkörben gelegt, Pupillen mit Licht kontrolliert.

„Das kann nicht sein… Seine Hirnströme… Sie… sie flackern!" „Das EEG springt plötzlich an, wie bei einem Schock!"

„War das ein Reflex? Oder... Bewusstsein?"

Philippes Augen öffneten sich, nur einen Spalt.

Und was sie in diesen Augen sahen, ließ alle im Raum verstummen.

Nicht Leere, nicht Verwirrung.

Sondern... Entschlossenheit, Tiefe, etwas, das sie sich nicht erklären konnten.

Er blickte geradeaus, als sähe er durch Wände hindurch, als würde er nicht nur sehen, sondern erinnern. Dann hob sich seine rechte Hand, langsam, mit fast unmenschlicher Präzision und vollführte eine Bewegung in die Luft, Als würde er einen Pinsel führen.

Unsichtbar!

Alle standen still. Niemand wagte es, ihn zu berühren.

Die Maschinen piepten nun schneller und spielten verrückt. Sein Puls, stark. Unregelmäßig. Seine Hirnströme, ein einziges Flackern wie Nordlichter auf einem Radar.

„Er..." flüsterte Schwester Clara. „Er malt."

Plötzlich öffnete Phillipe den Mund.

Seine Lippen formten kein Wort, aber sein Atem trug einen Klang. Ein einziges, fremdes, tiefes Wort, wie aus einer Sprache, die vergessen war, bevor es geschrieben wurde.

Die Temperatur im Raum sank spürbar. Die Lampen flackerten.

Dann, Stille.

Die Maschinen beruhigten sich. Die Werte stabilisierten sich.

Philippes Augen schlossen sich langsam wieder. Seine Hand fiel zurück auf die Bettdecke.

Dr. Lombardo trat näher, setzte das Stethoskop erneut an, sah auf die Monitore.

„Er lebt... aber er ist noch im Koma. Scheinbar tiefer als je zuvor."

Ein anderer schüttelte ungläubig den Kopf. „Das war keine normale Reaktion. So etwas... hab ich noch nie gesehen."

Doch dann!

Über Phillipe, der Himmel: blutrot durchzogen, zerfetzt von Blitzen, die nicht nur Licht, sondern Geräusche trugen, Flüstern, Stöhnen, Namen und vor ihm, der Dämon.

Er war ein Sturm aus Glut und Schatten. Ein Wesen ohne feste Form, doch mit einem Blick, der alles durchdrang. Seine Hörner ragten wie gebrochene Zähne aus einer kraterartigen Schädelmaske, sein Körper waberte ständig im Wandel zwischen Fleisch, Rauch und Flammen.

Die Stimme des Dämons war kein Laut. Sie war ein Gefühl, das durch Mark und Gedanken schnitt:

„Du wagst es… mir entgegenzutreten, alter Mann?"

Phillipe trat einen Schritt vor. Seine Rüstung klirrte leise, doch seine Augen flackerten nicht. In seiner rechten Hand hielt er den Pinsel, der nun zu einem Schwert aus Licht geworden ist. Nicht aus Metall, sondern aus purer Erinnerung, aus Liebe, aus Schuld, aus jedem Moment, den er für Antonio geopfert hatte. Für Fredo. Für die Familie.

„Ich bin nicht hier, um zu überleben," sagte Phillipe. Seine Stimme war ruhig. „Ich bin hier, um dich zu beenden."

Der Dämon lachte. Der Boden bebte. Ganze Landschaften zerfielen in der Ferne, Berge stürzten in ich zusammen. „Du bist nichts als ein Schatten, gemalt von einem Jungen, der zittert!" Phillipe hob das Schwert. Und dann, begann der Tanz.

Der Dämon raste auf Philippe zu, ein Sturm aus Klauen, Schatten und brennendem Hass. Flammen leckten an der Luft, verzerrten sie wie Hitzeflimmern über Wüstenboden. Begleitet wurde das Inferno vom gellenden Schrei der Verdammten, einem Laut, der nicht nur die Ohren, sondern die Seele erschütterte. Philippe reagierte im letzten Augenblick. Er wirbelte zur Seite, ein einziger, geübter Tanzschritt zwischen Licht und Tod. Mit einer fließenden Bewegung riss er das Licht empor, der Pinsel, eine Waffe, geformt aus Hoffnung und Wille. Ein Schlag, ein Schnitt, wie eine Schneise aus Glanz durch finstere Leinwand. Glühende Splitter, Fragmente reiner Magie, explodierten in alle Richtungen, als das Wesen zurückgeworfen wurde.

Und dann geschah das Unfassbare. Der Pinsel, das dämonische Werkzeug, das die Macht hatte, Welten zu malen und zu öffnen, war nun in Philippes Händen. Doch anstatt sich gegen ihn zu wenden, richtete er sich gegen seinen einstigen Meister, den Reiter des Schattens. Die Borsten zitterten, als wäre der Pinsel lebendig, beseelt vom Widerstand selbst.

Doch plötzlich begann der Pinsel zu glühen, nicht einfach zu leuchten, sondern zu brennen mit einem gleißenden Licht, das durch Raum und Sinn schnitt. Mit einem Zucken fiel er aus Philippes Hand, traf den Boden und verwandelte sich. Das Holz spaltete sich nicht, es entfaltete sich, wie ein Kokon, der ein uraltes Wesen freigibt. Vor Philippe erhob sich ein Geschöpf aus reinem Licht. Es hatte keine Augen, keinen Mund, keine Gestalt, die ein Sterblicher fassen konnte, und doch war es da, gegenwärtig, mächtig. Es war Schönheit ohne Form, Weisheit ohne Worte. Ein Lichtwesen. Gefangen gewesen im Pinsel, gezwungen vom Dämon, Bilder zu malen, durch die er sich Zutritt in die Welt der Lebenden verschaffen konnte. Philippe starrte, erstaunt, ergriffen.

Das Wesen war kein Werkzeug. Es war ein Opfer. Und jetzt, ein Verbündeter. Der Dämon brüllte auf, ein Laut aus flüssiger Wut. Die Dunkelheit flackerte, zuckte zurück, als das Lichtwesen seine volle Größe offenbarte. Ein greller Blitz spaltete die dämonische Nacht, und für einen Augenblick war alles still, als hielte selbst die Welt den Atem an. Dann zerbrach die Wirklichkeit. Der Boden bebte, als wolle er sich losreißen von der Tyrannei des Bildes. Himmel und Horizont kräuselten sich wie verbranntes Pergament. Direkt unter dem Dämon klaffte plötzlich ein rundes

Loch, ein Riss, als wollte die Leinwand, das Bild selbst, ihn verschlingen.

Zwischen Philippe und dem Ungeheuer schwebte das Lichtwesen. Ohne Lippen und doch verständlich, sprach es mit einer Stimme, die wie uralte Bäume im Wind flüsterte, sanft aber von unermesslicher Tiefe.

„Ich bin der Hüter des Rahmens. Jahrhunderte lang gefangen in Farbe und Leinwand. Doch du hast mich befreit." Philippe rang nach Atem. Der Pinsel, dieser alte, unscheinbare Gegenstand, war ein Kerker gewesen, ein verdammter Käfig für ein Wesen aus Licht und Schöpfungskraft. Der Dämon hatte es versklavt, gezwungen, Bilder zu malen, durch die er von Welt zu Welt reisen konnte. Der Dämon schrie, seine Klauen aus flüssigem Schatten peitschten wie gepeinigte Geister durch die Luft. Doch seine Angriffe glitten am Lichtwesen ab, wie Wellen an einem unberührbaren Ufer. Philippe wusste, Jetzt war der Moment. Gemeinsam konnten sie den Dämon bannen.

„Was muss ich tun?" rief er, trat dem tobenden Ungeheuer entgegen. „Malen," flüsterte das Licht. „Vollende das Bild, aber nicht mit der Hand. Mit dem Herzen. Male einen Riss in die Welt." Philippe schloss die Augen. Vor seinem inneren Blick sah er das Bild, eine Leere, die tobte, brodelte, der Dämon darin, ein Riss im Gewebe der Realität. Und doch, zwischen all der Schwärze sah er Farben, Hoffnung, Erinnerung, Licht. Er hob die Hand, als halte er den Pinsel erneut. Die Luft war nun seine Leinwand. Mit einer einzigen, fließenden Bewegung begann er zu malen, nicht mit Farbe, sondern mit reiner Vorstellung.

Mit jedem Zug barst die Dunkelheit. Licht schoss aus dem Boden, Schatten kreischten und wurden zerrissen wie morsches Tuch. Der Dämon brüllte. Er wurde kleiner. Seine Form löste sich auf, verflüchtigte sich in Rauch und schwarzem Sturm. Das Lichtwesen streckte die Hände aus, presste das schreiende Wesen in den Riss, der sich unter ihm auftat. „NEIN! ICH BIN EWIG!" heulte der Dämon, doch Philippe stand ruhig, furchtlos. „Du bist nur ein Fragment, eine Geschichte, Farbe auf einer Leinwand. Und dies ist dein Ende."

Mit einem letzten Strich zeichnete Philippe einen Bogen aus reinem Licht über den Horizont. Der Dämon kreischte, seine Gestalt wurde blendend weiß dann, mit einem Laut, der wie ein Chor aus reiner Stille war, verschwand er. Der Riss schloss sich. Die Welt erbebte ein letztes Mal und es kehrte Ruhe ein.

Die Ebene des Bildes begann zu strahlen, nicht grell, sondern lebendig. Farben durchströmten sie, als hätte man sie von einem Fluch befreit. Das Lichtwesen verbeugte sich, seine Gestalt vibrierte, funkelte.

„Du hast mich befreit. Und dich selbst."

Dann löste es sich auf, glitzernder Staub, tanzende Partikel, die in den Himmel stiegen und im Nichts verschwanden. Philippe stand still. Alles um ihn war weiß. Kein Horizont, keine Schatten, nur unendliches Weiß. Dann, langsam, wie fallender Schnee in der Nacht, wurde es dunkler. Immer dunkler. Bis alles schwarz war. Gerade als er versuchte zu begreifen, was geschah, durchbrach plötzlich Licht die Finsternis, kalt, grell, flackernd. Eine Neonlampe. Er blinzelte. Geräusche drangen an sein Ohr, Piepen, Stimmen, das Rascheln von Kleidung.

Verschwommen erkannte er Gesichter, Geräte, Schläuche. Mit einem sanften, kaum spürbaren Ruck wurde seine Seele zurückgezogen. Fort aus der Ebene des Bildes, zurück in seinen Körper, zurück in die Realität. Die Intensivstation. Die Menschen um ihn herum hielten den Atem an. Philippe atmete ein.

„Es ist vollbracht."

Die Farben des Gemäldes gerieten in Bewegung. Sie flossen, zitterten, tanzten in Wellen wie die Oberfläche eines aufgewühlten Sees. Und in diesem flüssigen Abgrund entlud sich eine Welt, ein Kosmos aus Licht und Schatten, Schmerz und Hoffnung.

„Er kämpft ..." hauchte Antonio, seine Stimme kaum mehr als ein Hauch. „Er kämpft wirklich ..."

Fredo schrie auf, von einer unsichtbaren Welle zurückgestoßen. Das Bild loderte auf, ein Flammenmeer aus Licht, so grell, dass Antonio instinktiv die Augen schloss. Es war, als würde eine Sonne im Atelier aufgehen, geboren aus Pinselstrichen und Schicksal. Dann, Stille!

Als Antonio die Augen wieder öffnete, war das Bild ruhig. Kein Leuchten. Kein Zittern. Keine Bewegung. Nur Schweigen, dicht, schwer, ehrfürchtig.

Der Reiter war verschwunden und auch sein Großvater.

Der Dämon, fort! Der Pinsel, nirgends zu sehen.

Und die Leinwand? Sie war weiß. Vollkommen weiß. Keine Spur von Farbe, kein Schatten, kein Rest. Als hätte sie nie berührt, nie bemalt, nie verflucht gewesen.

Nur Leere. Und darin, ein seltsamer Frieden.

Phillipes Rücken krümmte sich leicht, ein stummer Laut trat über seine spröden Lippen, kaum mehr als ein heiseres Röcheln.

Sein Herz hämmerte. Schnell, unregelmäßig.

Augenlider zuckten.

Sein Blick flackerte orientierungslos durch den Raum.

Weiße Wände. Ein grelles Licht an der Decke. Ein gleichmäßiges Piepen.

Er war nicht tot. noch nicht.

Der sterile Geruch brannte in der Nase.

Er lag auf einem Krankenhausbett. An Schläuche angeschlossen, mit Elektroden auf der Brust, Nadeln im Arm.

Jeder Atemzug fühlte sich an wie Glas in der Lunge.

Langsam, quälend langsam, versuchte er, seinen Kopf zu drehen. Jeder Muskel schrie.

Kein vertrautes Gesicht. Keine Stimme. Nur Maschinen. Nur Leere.

Seine Gedanken taumelten.

Er erinnerte sich nicht an den Moment, in dem er gefallen war. Aber er erinnerte sich an das, was ihn dorthin geführt hatte. An das Flüstern. An die Dunkelheit. An das, was er gesehen hatte, oder geglaubt hatte zu sehen.

Ein kurzer Anflug von Panik kroch durch ihn wie Eis.

War er allein, war es vorbei?

Oder war das hier… nur der Anfang?

Er wollte rufen, aber seine Stimme war kaum mehr als ein Krächzen.   „…Hallo…?"

Keine Antwort. Nur das monotone Piepen des Monitors, der seinen schwachen Herzschlag dokumentierte.

Er spürte, wie sich die Kälte von innen ausbreitete.

Wie sein Körper langsam wieder in sich zusammensank.

Und doch war da… etwas. Ein Flackern. Ein Rest Wille.

Noch war er nicht tot, noch war er hier.

Dann hörte er Schritte draußen im Flur. Dr. Lombardo und Krankenschwestern betraten den Raum.

Phillipe ist aufgewacht!

„*Ich glaube*, es ist vorbei", sagte Fredo mit leiser Stimme. Antonio starrte ihn fassungslos an. „Fredo, war das ein Traum? Oder ist das alles wirklich passiert? Sowas gibt es doch gar nicht!" „Scheinbar schon, Antonio", murmelte Fredo nachdenklich.

„Und was jetzt?", fragte Antonio, sichtlich überfordert. „Was ist mit Großvater?"
„Ich weiß es nicht, Antonio…", antwortete Fredo und zuckte ratlos mit den Schultern.
Langsam und noch immer zitternd vor Aufregung schleppten sich die beiden in die Küche, um sich mit einem Glas Wasser zu beruhigen. Ihre Beine fühlten sich an, als wären sie aus Gummi.
Antonio hatte gerade den ersten Schluck genommen, da klingelte sein Handy. Der schrille Ton zerschnitt die angespannte Stille wie ein Messer.

Der Anrufer war Dr. Lombardo.

Ein Schauder lief Antonio über den Rücken. Sein Herz rutschte ihm in die Hose, er rechnete mit dem Schlimmsten. Doch stattdessen hörte er die unglaubliche Nachricht:

Großvater war aus dem Koma erwacht.

In der Stimme des Arztes lag hörbares Staunen, beinahe Unglauben, über Philippes plötzlichen Zustand.

Antonio sah Fredo an, die Augen weit aufgerissen vor Erleichterung und Freude. „Wir sind schon unterwegs!", sagte er hastig und beendete das Gespräch.

„Fredo!", rief er plötzlich, „Großvater lebt! Er ist wieder wach!"

Wie von der Tarantel gestochen rannten sie los, sprangen ins Auto und rasten zum Krankenhaus, das Herz voller Hoffnung und die Gedanken noch benommen von den Ereignissen das sich gerade ereignet hatte.

Ihre Schritte hämmerten über das Linoleum wie ein Taktstock des Schicksals. Hart, Schnell und Getrieben. Der Aufzug öffnete sich mit einem metallischen „Ping", und sie stiegen ein. Wortlos. Die Fahrt in den dritten Stock, zur Intensivstation, zog sich wie eine Ewigkeit, obwohl sie nur Sekunden dauerte.

Als sich die Aufzugstüren zischend öffneten, standen sie plötzlich ihm gegenüber: Dr. Lombardo.

Der Arzt trat ihnen in den Weg, hob beschwichtigend die Hände. Sein Gesicht war ernst, aber nicht düster, mehr das eines Mannes, der zwischen Pflicht und Menschlichkeit vermitteln musste.

„Antonio, Sie können jetzt nicht zu Herrn Duwall", sagte er ruhig, aber bestimmt. „Er ist noch in der Aufwachphase. Noch nicht ansprechbar."

Antonio trat einen Schritt vor. Seine Augen flackerten, Hoffnung kämpfte mit Furcht.

„Wie… wie geht es ihm?"

Ein zögerndes Lächeln spielte um Lombardos Lippen. Es war das eines Mannes, der selbst kaum fassen konnte, was er sagen durfte.

„Besser, als wir je gehofft hatten", sagte er mit einem sanften Nicken. „Seine Vitalfunktionen sind stabil. Blutdruck, Herzfrequenz, Sauerstoffsättigung, alles im Normbereich. Er ist sehr erschöpft, noch benommen, aber es sieht so aus, als würde er sich vollständig erholen."

Fredo trat nun ebenfalls näher, seine Stimme kratzte vor Anspannung:

„Wann können wir zu ihm?"

„Er wird heute noch auf ein reguläres Krankenzimmer verlegt", antwortete Lombardo. „Nach der morgigen Visite, vermutlich gegen Mittag, dürfen Sie ihn besuchen. Jetzt... sollten Sie nach Hause gehen. Ihrem Großvater geht es gut. Und er wird Sie brauchen, aber ausgeruht."

Er warf einen kurzen Blick auf seine Uhr, entschuldigte sich knapp und verschwand in einem der Nebengänge. Nur das leise Knarzen seiner Schritte blieb zurück, ehe auch das verstummte.

Antonio und Fredo standen noch einen Moment lang schweigend im Flur, die Neonlichter warfen blasse Schatten auf ihre Gesichter. Schließlich drehte sich Fredo zu Antonio und seufzte leise:

„Ich glaube, wir haben diesen Albtraum überstanden."

Er lächelte.

„Was für ein Mann, dieser Phillipe... was für ein Kämpfer, auch in unserer Jugend war er so!"

Antonio ließ den Kopf leicht sinken, und zum ersten Mal seit Tagen schlich sich ein winziges Lächeln in seine Züge.

„Komm", sagte Fredo. „Lass uns gehen. Geben wir ihm die Zeit, die er braucht."

Und gemeinsam verließen sie das Krankenhaus. Draußen hatte der Himmel sich geöffnet, nicht mehr in Dunkel gehüllt, sondern von weichem

Abendsonnenlicht durchzogen, ein Versprechen auf einen neuen Tag.

Ihre Schritte hallten durch die langen, sterilen Gänge, während sich das Klopfen ihrer Herzen wie Trommelschläge in ihren Ohren mischte. Der Weg schien endlos, als würden sie durch einen Nebel aus Anspannung und unausgesprochenen Fragen schreiten. Endlich standen sie vor der Zimmertür. Die Tür, hinter der sich entscheiden würde, ob das, was sie erlebt hatten, real gewesen war, oder ein Alptraum, der ihnen das Liebste genommen hatte.

Antonio und Fredo warfen sich einen schnellen Blick zu. Ein stilles Nicken. Ein letztes Luftholen. Dann klopften sie, ganz leise, beinahe ehrfürchtig.

Die Tür öffnete sich langsam. Und was sie sahen, ließ ihnen für einen Moment den Atem stocken.

Phillipe saß aufrecht im Bett. Das Kopfteil war leicht erhöht, das Sonnenlicht fiel durch die halb geöffneten Jalousien und zeichnete ein warmes Muster auf sein Gesicht. Er hatte das Tablett mit dem Mittagessen vor sich, blass, zitternd, aber lebendig. Jeder Bissen schien ihn Kraft zu kosten, aber er kämpfte, gegen die Erschöpfung, gegen den Tod, gegen die Schatten der letzten Tage.

Antonio stockte. Seine Augen wurden feucht, sein Blick weich.

„Großvater..." hauchte er. Mehr brachte er nicht heraus. Die Worte blieben ihm im Hals stecken, zu groß war der Moment. Phillipe hob mühsam den Blick, und ein schwaches, aber ehrliches Lächeln schlich sich auf seine Lippen.

„Kommt rein, ihr zwei. Wartet doch nicht da draußen herum wie zwei Schuljungen."

Die beiden traten näher ans Bett, langsam, beinahe andächtig, als betreten sie heiligen Boden. Ihre Blicke kreuzten sich, glänzend vor aufgestauten Tränen, ohne dass ein einziges weiteres Wort nötig gewesen wäre.

Stille senkte sich über den Raum. Doch es war keine unangenehme Stille, sie war erfüllt von Dankbarkeit, Stolz und einer überwältigenden Erleichterung. Die Luft war schwer, nicht vom Leid, sondern von dem ungreifbaren Gefühl, einen Dämon besiegt zu haben, buchstäblich und im übertragenen Sinne.
Phillipe war es, der schließlich das Schweigen brach.

„Lasst uns hier und heute ein Versprechen abgeben", sagte er mit brüchiger Stimme.

„Was in dieser Nacht geschehen ist... darf niemals jemand erfahren. Nicht von uns. Nicht von anderen. Es ist vorbei, und darüber wird nie wieder gesprochen. Nie wieder."

Antonio nickte sofort, ohne zu zögern.

„Ich verspreche es, Großvater. Für immer."

Auch Fredo legte seine Hand auf die des alten Mannes. „Es bleibt unser Geheimnis."

Dann, wie von einer unsichtbaren Kraft geführt, legten sie die Arme umeinander. Eine Umarmung, nicht nur aus Liebe, sondern aus Überleben, aus Verbundenheit.

Drei Männer, verbunden durch eine Erfahrung, die Worte nicht fassen konnten, und die sie fortan in der Tiefe ihres Herzens verschließen würden.

Für immer.

Ein Jahr später

Es war ein herrlicher Spätsommertag. Ein Sonntag, wie aus einem Gemälde. Die Luft warm und weich, das Laub Gold getanzt im Wind, der Himmel so klar, als hätte ihn jemand neu gezeichnet. Im blühenden Garten der Villa hatten sich alle versammelt.

Antonio saß mit Claudia unter einem schattenspendenden Kirschbaum. Fredo stand am Grill, seine weiße Schürze voller Rußflecken, aber sein Lachen war ansteckend wie früher. Fabrizio balancierte mit einem Tablett voller Weingläser zwischen den Gästen, und Dr. Lombardo, inzwischen ein enger

Freund der Familie, prostete ihm mit einem feinen Barolo zu.

Phillipe saß etwas abseits unter einem Rosenbogen, auf seinem Schoß sein Urenkel, der mit großen Augen die Welt bestaunte. Neben ihm seine neue Lebensgefährtin, eine Künstlerin aus Siena, mit der er nicht nur Farben, sondern auch Träume teilte.

Fredo hatte sich erholt. Er malte wieder. leidenschaftlich und intensiver denn je. Fabrizios Galerie florierte, seine Vernissagen waren gut besucht, seine Stimme in der Kunstwelt gewachsen.

Die Gespräche waren lebhaft, das Lachen frei, die Gläser stets gefüllt mit den besten Weinen der Toskana. Es war ein Tag des Lebens, der Dankbarkeit, der Freundschaft.

Und doch lag etwas Ungesagtes in der Luft.

Ein feines Band zwischen Antonio, Fredo und Phillipe, nicht sichtbar, aber unzerreißbar. Ihr Geheimnis, das sie wie eine Narbe trugen, war an diesem Tag nicht näher als sonst, aber auch nicht weiter entfernt. Es war nicht vergessen. Nur tief vergraben. In einem Raum der Seele, den keiner je wieder betreten würde.

Und während der Tag sich neigte und das goldene Licht der untergehenden Sonne wie flüssiger Bernstein durch die Bäume sickerte, wurde der Garten still. Nur das sanfte Plätschern des Brunnens war zu hören, wie ein ferner Herzschlag der Zeit.

Antonio trat an die Seite seines Großvaters, betrachtete den kleinen Jungen in dessen Armen, das neue Leben, das aus all dem Schatten hervorgegangen war, und legte ihm die Hand auf die Schulter.

"Du hast ihn gerettet Großvater", flüsterte er.

Phillipe schwieg. Seine Augen lagen auf dem Horizont, wo Himmel und Erde sich küssen. Dort, wo einst Dunkelheit war. Dann antwortete er leise, fast unhörbar.

"Nein, mein Junge... er hat uns alle gerettet, dieses Wesen. Ich weiß nicht, wer er ist oder woher er kommt. Aber ohne ihn hätten wir es nicht geschafft!"

Der Wind fuhr sacht durch das Gras. Die Nacht kroch heran, nicht bedrohlich, sondern still und friedlich. Und irgendwo in dieser Stille, verborgen in der Tiefe der Dinge, lag ihr Geheimnis.

Für immer.

Die Glocke über der Tür eines kleinen, kaum beachteten Antiquitätengeschäfts am Rande der Piazza della Signoria klingelte hell, als ein Mann eintrat, tropfnass, das Gesicht halb verborgen unter dem Kragen seines Mantels. Er schüttelte sich den Regen der Schultern und trat langsam ein. Der Laden war vollgestopft mit Erinnerungen längst vergangener Zeiten: vergilbte Bücher, barocke Uhren, bleierne Spiegel, antike Masken. Und mittendrin, in einer gläsernen Schatulle, die von einer einzelnen Lampe golden beleuchtet wurde, lag auf einem violetten Samtkissen ein Pinsel.

Der Mann trat näher, die Augen geweitet, fast ehrfürchtig. Die feinen Borsten schimmerten, als wären sie aus Licht gewebt. Er beugte sich tiefer, die Hand beinahe wie im Traum erhoben, um das Glas zu berühren, als bewegte ihn eine Kraft, die nicht ganz die seine war.

Da trat aus dem Schatten hinter einem schweren Regal ein alter Mann hervor, klein, schmal, mit einem eingefallenen Gesicht, dessen Falten Geschichten von Jahrhunderten zu erzählen schienen.

„Ah… Sie haben den Pinsel entdeckt", sagte er, seine Stimme ein Flüstern, das wie Staub durch die Luft schwebte.

„Ja", antwortete der Kunde. „Ich bin selbst Maler…aus Paris und mache Urlaub hier"

Der Alte nickte langsam. Seine Augen glänzten seltsam hell, sein Lächeln war kaum sichtbar, eher ein Hauch von Ausdruck. Er trat näher an den Mann heran, so nah, dass man glauben konnte, er würde gleich etwas wichtiges enthüllen, etwas, dass mehr war als bloß eine Geschichte wäre.

„Dieser Pinsel", sagte er, leise und eindringlich, „ist kein gewöhnliches Werkzeug. Es ist ein Werkzeug für einen wahren Meister. "

Ende

buch.kutaysahin@yahoo.de

P.S.

Alle Bilder gibt es in verschiedenen Größen mit Zertifikat, als Kunstdruck auf Leinwand und gespannt auf Keilrahmen, zu kaufen.

Die einzelnen Motive sind je Größe auf 150 St. Limitiert

Weitere Infos gerne auf Anfrage